CW00493554

Dusty Bluebells
Scots Edition

Angeline King

Published: 2022 by Leschenault Press
Leschenault, Western Australia

ISBN: 9781922670540 - Hardback Edition
ISBN: 9781922670564 - E-Book Edition

Cover Design by Brittany Wilson | Brittwilsonart.com

Dusty Bluebells Scots Edition is an Ulster Scots adaptation of *Dusty Bluebells.*

Reviews for Dusty Bluebells:

"Pithy with Ulster Scots, old rhymes, cures and sayings, there is a sense of magic to it all. A book to warm your heart on a cold winter's night."
The Irish Times

"The dialect infuses her work with an easy-to-digest, melodious pitch..."
Books Ireland

"More Jessie Kesson than Kailyard..."
The Courier, The Press & Journal, Scotland

By Angeline King

Dusty Bluebells

Snugville Street

A Belfast Tale

Children of Latharna

Irish Dancing: The Festival Story

Chapter One

A bricht licht scooted ower the blak street as the wind dunnered haird again the windae. Maisie lifted the lace curtain tae see the Waterloo Road speckelt in yellae rain.

"Model A Ford," said Leonard. "A beauty."

He was on his feet. Maisie follae'd him tae the motor. She keeked intae the front tae see a man trussed up in heich collars an a Fedora hat. In the wairm yellae glow, he was aal pale, sweat an swank. Nixt tae him lounged a wumman in blak, een tucked unnerneath eebroos plucked intae semi-circles, lips as stark as the red tie on the man with the Fedora hat.

"Good Evening. I'm looking for Mrs Gourley," said the wumman, slurrin the surname wi bluid-red lips.

Maisie stared at the Punch an Judy cheeks.

"I'm Esther," come the croose voice. "Esther McCallum."

"I'm Mrs Gourley," said Maisie.

"Could I talk to you please? It's about the boy."

"What boy?"

Esther nodded an Maisie leukt in the bak o the motor, whaur blakness muived, silence swayed an twa watterie een rippled lik buoys. "Oot ye git," said Esther, hurlin wirds intae the bak as she buttoned up hir coat an tidied away her polite tongue. "An stap thon greetin an gurnin, wud ye? Honest God's truth! Weans!"

Esther was mair skitterie than hir lang face indicated, an she was noo humphin a short airm oot o the boot o the motor. Maisie cocked hir heid an assessed the whusper o a wean; aal banes an white skin in the heidlichts.

A clak o a dure openin an closin. Nairae shoulers chitterin. Maisie reached oot hir han an teuk the wean's mort coul fingers in hir ain. She knelt doon an leukt him in the een. "How do you do?" she akst. It was a quait answer that chittered at the corners o his lips.

Twit twos an whussles ris frae the sheddaes. "Come on on ower," said Maisie, knowin that iverie saul wi'in a mile wud want tae leuk at the motor. Esther had a coy smile as the young lads gaithered roon, an Leonard winked an tapped the roof o the motor. "She's a guid yin," said he. Maisie teuk it tae be testimonie o his interest in the motor an no the wumman.

"Daniel will need the lavatory," said Esther.

"Weel, ye'd better come in then," directed Maisie, houlin Daniel's han an wunnerin what trick God had planned tae push sic a squib throu hir dure. A holy eve. That's what Reverend Greer frae the Parochial School had caalt Halleve nicht. A holy eve. Whan sauls flit frae yin warl tae the nixt.

Esther loitered in the threshold atween the front kitchen an the bak scullery, the goulden fire sweelin hir burd-lik frame. Maisie led Daniel tae the bak yaird an leukt ower hir shouler tae see Esther throu the scullery windae; hir heid was twitchin an turnin an takin the hale o it in.

Maisie opent the dure tae the lavatory an pullt the coard as a gust o wind wafted the lectric bulb. "Ye tak yer time noo," said Maisie. "An chap the dure if ye need help."

Een peered aroon the dure seconds efter a tinkle. "Come on," said Maisie. "Let's git ye oot o the coul." She soapt the wean's hans unner the wattertap in the scullery an led him tae the kitchen. "Sit yersel doon bae the fire an wairm them hans." Daniel didnae speak. She brushed bak a lang wisp o fair hair frae his cheek an teuk in the haird rigs o his face.

"It's as weel fur some," rung a note o aggression frae the scullery.

"I beg yer pardon?" replied Maisie, riled bae the slicht in hir ain hame.

"It's as weel fur some," repeated Esther, glencin at the epple tart an fresh soda farls on the bench. "The wean's starvin. He hasnae had a bite tae eat."

Maisie walkt tae the larder in the scullery an measured oot a bowl o porridge. "He'll need ocht wairm," said she tae Esther, whose een wur stealin the distempered flouers on the waal an grippin ilka square o clean oilcloth at hir feet. Maisie poured the watter ower the porridge, didderin on hir way tae the stove. "Who are ye, an why are ye here?"

"Who am I? Ye mean, ye dinnae ken yer ain freen?" Esther smickered richt bitter an circled hir fit on the oilcloth. "Leonard didnae know me nether, did he?"

Maisie flenched. What had Leonard tae dae wi this wumman?

"Who are ye?" she repeated, stern this time, feart that some unearthed ghaist wud upset a nicht that felt less hallowed as iverie second was extrectit frae it.

"Esther Gibson."

"Ye said McCallum."

"Aye, I was mairied the day."

"I dinnae know onie Esther Gibson."

"Ye dinnae know onie Esther Gibson? Naw, I suppose ye wudnae hae heared o Esther Gibson. Did Tam Gourley no mention me?"

"Tam's deid."

"Guid riddance tae him."

Maisie blinked. Hir brither-in-law had died on the Normandy beaches. He had died a hero.

"Did yer man no tell ye aboot the young lass sent up tae the kintrie tae leuk efter his widowed da? I scrubbed fur thon oul blirt mornin, nuin an night. I redd oot his pot an his gutter an mair forbye. They teuk me oot o schuil whan I was eleven til tend tae him, an God knows I foofed whan I seen them dry toilets in Broughshane. I hadnae much on Mill Street, but there was porcelain in the yaird. An yer Leonard's brither, Tam, weel, Tam teuk care o me." Her voice crakt.

Maisie set doon the porridge. She lifted a plate an soda farl an buttered the uneven rigs o the doughie breid. Leonard didnae speak tae his faither. Aal Maisie knowed was that a girl had been sent up tae Broughshane tae care fur oul Leonard an Tam.

"Here, son," said Maisie tae Daniel. "Tak this wee drap o soda breid an I'll git ye ocht wairm in a minit."

She retuirnt tae the scullery an pullt oot twa stuils frae the table. "Ye may sit doon."

"Tam," said Esther. "He teuk care o me, Mrs Gourley, an there wasnae a wumman in the hoose but me. I onlie had Tam tae tell me what was what. I didnae know onie better, Mrs Gourley. Honest tae God, I wasnae a bad wean." She sniffed. "Tam went tae the airmie whan I was fifteen an I got the hell oot o thon. I teuk money frae the oul fella tae pey fur the boardin hoose in Scotland whaur I had the wean."

"Why did ye no git the wean adopted?" said Maisie, an she tried tae register that Tam had a wean, that Tam's wean was sittin nixt dure in the kitchen.

"I had wark in a bar in Ayr. It was right bae the boardin hoose. They lut me keep the wean upstairs. I tellt them the faither had died in the war. Heth, I was lyin at the time."

Maisie had taen Esther tae be in hir late twenties, the same age as hir, but she was onlie nineteen.

"Why are ye here?" akst Maisie.

"The wean needs a hame."

"Ye cannae lea the wean here!"

Esther's een clesped Maisie's. "Mrs Gourley," said she, richt an saft. "He's cruel."

"Who?"

"Him." She nodded tae the dure. "He's cruel tae Daniel."

"Yer man? Why in the name o guidness did ye mairy him?"

"I didnae know what was gaun on."

"What's gaun on?"

A bleesterin silence follae'd, an the wumman's shoulers heaved. Maisie remuived a handkerchief frae hir sleeve an passed it ower the table. Esther wiped the blakness away.

"I'm sairie," said Esther, examinin the mankie handkerchief. "I've ruined yer handkie."

Maisie didnae reply. She focused on the clean een that wur peetyfuul an red. What was wasnae said smored the air.

Esther cocht an leukt up at Maisie. "He's bin interferin…" She tailed aff an leukt away, houlin the handkerchief ticht tae hir face.

Maisie pushed the epple tart tae the side, its sweet promise lingerin amangst the sourness o the wirds that had fell frae Esther McCallum's mooth. She stuid up slowly an spreid a cloot ower the fuid.

"I was eleven," said Esther. "An ma life isnae worth savin, but hae peety on me, Mrs Gourley, fur ma boy is onlie four."

The front dure banged an Esther jumped frae the stuil, hir bodie flichtsome as she remuived ocht frae a handbag an dabbed hir face. She turnt away, glossin red ower hir thin lips, re-creatin the spectre o a wumman who had appeart sae sure o hersel in the licht o the Model A Ford.

Maisie walkt taewart the kitchen an shivered at the sicht o him there wi hir husband, his han on Leonard's shouler as the pair o them lauched an gyped an cairied on. An in thair sheddaes sut a lad whose green een flichtered an faded in tuin wi the dancin flames.

The front dure was open an the flames o the fire bowed at the draucht that cut throu the ruim. Esther appeart, hir nurturin face concealed in white pouther an blak paint.

"It's aboot time ye did ocht tae help yer ain," she snapped, hir voice mockin up a pantomime that teuk Maisie bae surprise. Hir eager een pleaded wi Maisie tae play alang.

"Dae ye no mine me?" Hir red lips strained intae a smile taewart Leonard. "I'm Esther. I stayed wi yer oul Aunt Libby an then yer da."

"Esther Gibson." Leonard spak wi a smile. "Is thon wee Esther Gibson aal growed up?"

"Aye, aal growed up. I was onlie a girl whan I was sent up tae the kintrie tae tend tae yer da. An Tam, God rest his saul. I leukt efter them, Leonard. I leukt efter them lik a dauchter. An an noo I need somebodie tae care fur ma Daniel."

"Ye need the wee fella minded?" Leonard turnt tae Maisie. "Maisie's a great han wi the weans. H'lang are ye away, Esther? Ye got mairied the day, I hear."

"Aye, that's right. An we'll be gaun on honeymuin the night. Wilbur wants til gae bak tae France, ye see."

"France? What in God's name wud tak ye tae France?"

Esther leukt at Maisie, hir een draigin Maisie bak ontae the stage.

"We cud maybe leuk efter him a while," ventured Maisie as she turnt tae Leonard. "Yer da wud hae wanted it, I'm sure."

Leonard's een dairkened. His brither's passin had bin in God's hans whan German guns had razed him doon in French watters, but Maisie knowed the guilt that Leonard felt whan his faither fell: it was a fairmhand discovered the deid bodie in a sheuch.

"We'll leuk efter the wee fella," said he, smilin at Daniel.

"We'll no turn him away," confirmt Maisie.

Leonard puult oot a harmonica frae his tap poaket, knelt doon bae the hairth an played 'The Sea Shanty.' Daniel didnae leuk at him, but Maisie watched the boy's een follae the notes o the tuin as he stared intae the fire.

"Ye had better be on yer way, noo," said Maisie tae Esther. "I'm sure ye hae a lang night aheid."

Maisie joukt the blak silhooette o Wilbur McCallum. She leukt away whan he reached ower tae Daniel an ruffled his hair wi his han. Esther knelt doon, lifted Daniel's chin, kissed his cheek, stuid up an walkt tae the dure. Maisie tugged Esther's airm an whuspert right an shairp, "Whan are ye comin bak?"

"I'm mairied til him noo. I cannae come bak."

"Ye're gaun tae lea a four yeir-oul wean wi strangers?"

"Naw, I'm gaun tae lea Daniel wi his ain kith an kin. He b'langs here."

"He b'langs wi his ma."

"I'm the vessel that cairied him," said Esther, onie wairmth that had bin on hir face in the licht o the kitchen gane. "But I was niver meant tae be a mither, Mrs Gourley, fur I niver got tae be a wean."

She hesitated an leukt taewart the motor. "I didnae live in a hoose wi flouers on the waals an epple tart on a clean table. I was sellin kippers in cairts at his age an then...I heared aboot ye, ye know." Hir heid was ris tae the forbodin sky. "They tellt me ye wanted a wean o yer ain."

"An what aboot ye? Will ye bide wi thon yin?"

"I will, Mrs Gourley. I'll no pairt wi him fur this is a better life that onie I iver knowed." She turnt tae face Maisie an handed hir an envelope. "I daen ma best fur the boy, Mrs Gourley. He had shoes on his feet an fuid in his belly, but I cannae gie tae the wean what I niver lairnt masel. Ye'll care fur him, Mrs Gourley, fur ye hae a hairt that's plain tae see. Here's aal the papers ye'll need. The wean's tae be christened. Can ye git him christened, Mrs Gourley?"

Maisie nodded an walkt Esther tae the motor. There was too much doot tae mak promises; yit in the strange, phonie licht, she was able tae believe that Esther an Wilbur McCallum wud niver retuirn.

Esther handed a package frae the front seat an puult Maisie aside. "Dinnae let it happen again," she whuspert.

Maisie waited. Nae explanation come.

An then she unnerstood. An she shuddered. An she turnt away.

She pictur't the lassie wi the green een whan the blakness was wiped clean. She cud hear hir pleadin voice, "It stairtit whan I was eleven." Leonard wud niver hairm a wean. Leonard's teuch was his muisic conjured intae the silent air, his half-smile fillt wi hope an promise far remuived frae the evil story that lay scattered lik unrationed crumbs on Maisie's scullery table.

She needed Esther tae lea. She needed the Waterloo Road tae be at peace again away frae the motor's engine an its yellae, hollae licht. She turnt as a thrang o weans rin up the Shore Road efter the scent o oil an the raucous stream o smoke. She opent the dure an minded that there wus a boy bae an ingleneuk, a boy that was feart.

Leonard was playin the harmonica. He stapt whan Maisie come throu the dure.

"Daniel's a freen bae bluid," said he.

Maisie leukt at him. Did he know aboot his brither an Esther?

"Esther's a cousin o mine. Reared bae ma ma's oul aunt Libby."

Tam an Esther wur cousins. Leonard didnae know what his brither had daen tae his ain cousin.

"Ma da was an oul blirt at times, but he sent fur Esther whan ma ma was laid til rest."

Leonard was talkin yit, but Maisie cudnae gie the story hir fuul attention. Daniel was a freen o Leonard's. That was eneuch, a raison tae tak in a wean.

Maisie leukt throu the windae tae the blak sky an cast twa saicrets intae the nicht. There wud be nae mention o Tam Gourley. There wud be nae mention o Wilbur McCallum.

There wud be nae mention o demons unearthed on a windy, hallowed nicht.

Maisie woke the nixt mornin tae a treble o saft breithin. She sut up, hir mine hazy in the unfoldin layers o dairkness. The sweat o childish skin swathed the ruim as she squinted taewart the end o the bed. She tried tae assemble the shape o him but cud see nocht o Daniel, the boy who was safe an sae far away frae hame. He was asleep on an oul settle at the end o hir bed. She had spent monies the oor on the same settle at thair Grannie's fairm in Kells, an she cud mine yit the wind blatterin the chimley breest an the uncertaintie o bein sae far away frae hame. Her grannie had aye said the warl conjured up strange happenins in the nicht, an nane was as strange tae Maisie as the ease wi which she teuk a boy frae his ma, a boy wi nae mair than a bunnle o claes an a memrie o dairk saicrets etched ower his timorous smile.

She shuffled ontae the landin in hir slippers an felt hir way doon the stairs. Leonard had pit lectric lichts throu'oot the hoose, but Maisie was lang used tae feelin hir way throu the dairk. She knelt doon at the hairth an swept away the ashes frae the nicht afore. She lichtit a newspaper, the first swirl o heat curlin the paper an stainin hir clean fingers blak. She teuk hir time tae criss-cross the sticks in a grid ower the wakenin flames, tae build up hir fire — tae rehearse an oul rootine that served tae temper the realisation o a new dawn.

She leukt at the table, whaur Esther Gibson had sut, whaur she swithered aboot ghaist-lik in the recesses atween nicht an day. Maisie switched on the lectric overheid licht tae remuive the unsettlin memries an walkt bak tae the stove in the kitchen. There, on the ledge o the ingleneuk was Daniel, who had eked oot his ain place atween the coul breeks an wairm fire. He was leukin at hir throu shaidae-tinted een.

"Och son," gasped Maisie, clatchin hir dressin goun, "Ye feart the life oot o me. What are ye daein up this early?"

"I need a wee wee."

Maisie smiled an teuk his han, an she thocht bak tae halleve nicht an aal the toin an froin o strangers an lichts an realised she was hearin his voice fur the first time. "There was a pot beside the bed, son. Come, an we'll tak ye oot the bak."

She repeated the routine o the previous nicht an retuirnt tae the scullery tae weich up the contents o the larder, still houlin Daniel's han. There wur onlie helf a dozen eggs in a bowl an twa slices o bacon happed in paper. Leonard needed a hot breakfast afore wark, but she knowed that the scent o bacon wud saut the lips an tongues o iverie sinner in the hoose. She led Daniel intae the kitchen an pullt doon the griddle frae abuin the fire. "Are ye gaun tae gie me a han makin breakfast?" she akst, pourin wairm watter intae the taypot. Daniel watched wi burd-lik een.

"Here, let me see ye crak the egg," said Maisie. "There's a brave boy." She pit the bak bacon on the griddle as Daniel's sticky palms spreid the uneven yoke aside them. The ruim was suin snod wi a sauted remedy fur winter's first mornin. It wudnae be lang afore Leonard an Hughie wud waken.

The package that Esther had gien hir was at the fit o Maisie's seat. She untied the strings an foun neat, flet lines o claes — a knitted vest, troosers, socks, pants an a shirt, aal immaculate clean an pressed. Daniel's name was embroidered ontae a handmade label on the knitted vest at the tap o the pile. Maisie thocht bak tae the wumman who appeart half-demon-half-cherub in hir memries o the nicht. She had taen care o the boy. She wanted it tae appear that way, at least.

A deep tremor stapt Maisie in hir traiks. "Oh Danny boy," she heared, as a heid roonded the corner. Twa bricht, blue een keekt oot unner wispy, fair hair. "The pipes, the pipes are calling."

Leonard's bodie follae'd — a clean, white undervest tucked intae broun, woollen troosers, leather braces looped aroon his poakets. "From glen to glen, and down the mountain side." His airms silhooetted rings in the air, his voice risin an faalin, glen efter undulatin glen o fragrant sang. "The summer's gone, an all the roses fallen." Maisie held oot a slice o bacon on a spatula an watched in stunned silence as Leonard knelt doon on yin knee an spreid his airms. "Tis you, tis you, must go, and I must bide." He kissed hir han an neukt the bit o bacon.

Leonard's cheeks wur brimmin wi bacon an smiles as he hollered, "Guid mornin, Maisie, an guid mornin, young Daniel," an Maisie was sure she saw a spairk in hir man's een reserved fur brass instruments an flash motors. What had the Guid Lord daen wi yisterday's Leonard?

"Gie tither bit tae the wean," said he, as he lifted the bacon ontae the boy's plate. "There ye go, son. That'll mak the hairs grow on yer chest!"

Daniel leukt up tae Maisie wi beseechin een, his richt cheek repressin a dimple o a smile.

"Is the tay on?" akst Leonard, tappin the taypot wi his finger an unheukin a cup frae abuin the fire. "Thon's a quare cup o tay, sae it is," said he. "Yer aunt Maisie maks a great cup o tay."

Leonard handed the cup tae Maisie an unheuked twa mair. "You sit doon, dear," said he, an Maisie sat doon richt an ackwart. Leonard had niver made hir a cup o tay in the hale o thair mairied days. The strange happenins o nicht wur spillin ower intae mornin.

The first bell o Browne's Irish Linen fectorie sounded an Leonard pullt on his jumper an tied up his buits. There was plenty o time tae mak it tae the harbour fur half past seven, but he was flichtie an blythe an eager tae be on his way.

"Noo, Mister Daniel, here's a wee thing fur ye," said he, remuivin the harmonica frae his breest poaket. "Young Hughie haes yin the same." Daniel teuk the instrument wi a blank expression.

The ring o the bell on Leonard's bike follae'd, an Maisie sheuk hir heid, stumst bae his smile, in wunner o the pithy muisic.

Young Hughie arrived at the dure, his hair shed an flettened as if he had slipped intae sleep frae standin.

"Guid mornin," chirped Maisie.

"Mornin," replied Hughie. His heid was tilted tae the side as he weiched up Daniel.

"This is Daniel," explaint Maisie tae hir nephew. "He'll be stappin wi us. Say, 'How do you do?'"

"How do you do?" mimickt Hughie.

Daniel leukt bak, quare an dootful. "Say, 'How do you do?'" prompted Maisie. He echae'd the wirds in a whusper.

"How now brown cow!" exclaimt Hughie in an English accent

"How now brown cow, indeed," said Maisie. "There's a lad's bin weel educated."

"Ye can say 'Hoo noo broun coo' or 'Hou nou broun cou' forbye," said Hughie to Daniel.

"Now, noo, nou, I need twa strang men tae help me stir the porridge," said Maisie. "Dae the pair o ye know onie strang men?"

"I'm as strang as Popeye the sailor man!" blustert Hughie. "I'm gaun 'ae wark at the harbour lik Uncle Leonard whan I grow up. He puuls in the boats, ye know!" Hughie's een wur alive as he laid claim tae his uncle Leonard's jubous warkin heritage, the harbour jawb a recent addition tae a lenthy list o short-term contracks.

"Dae ye know Popeye the sailor man?" akst Hughie in the kine o breithless gasp that heralded the stert o a new freenship.

"Naw." Daniel's chin dipped.

"Ye dinnae know Popeye the sailor man! Aunt Maisie, Daniel disnae know Popeye the sailor man! Dae they no hae the picturs in his kintrie?"

"Daniel's frae Scotland."

"An dae they no hae the picturs in Scotland?" His heid was cocked quare an perilous tae the left.

Daniel shrugged an leukt tae the fluir, his een keekin oot ower his fringe tae seek reassurance frae Maisie.

"I'm strong to the finish cos I eats my spinach!" Hughie puult up his pyjama sleeve tae reveal a sturdy airm. "I'm Popeye the Sailor man. Toot Toot."

Lauchter rattled frae Hughie lik brandy balls in a cake tin, a ticher that had bin inherited frae his uncle Leonard, thou there was nae bluid shared atween them.

"Can ye say, 'It's a braw, bricht muinlicht nicht.' Hughie chairged on, but his wirds wur met bae a quait Daniel. "Och dinnae wirry if ye cannae say it fur I've a wee sang til lairn ye the wirds. Isn't that right, Maisie?"

"Aye, that's right," said Maisie, soakin up the braw, bricht muinlicht o hir nephew's deep, dairk een.

A voice puffed up the baks o the Waterloo Road. "Mayzeee!" it bellae'd — a ban o bagpipers aal tuinin thair instruments at yince.

"That'll be ma ma," muttered Maisie.

Daniel's green een braidened in astonishment.

"It's Grannie Higgins," explaint Hughie fur Daniel's benefit. "She has a voice lik a foghorn, an monie's the boat's bin lost at sea a cause o it."

Maisie flashed a smile tae Daniel tae address the fear that dreeped frae his pale cheeks an leukt up tae the heavens tae pray fur mercy. What in the Lord's name wud hir ma haetae say aboot the wean?

"Mornin, Ma."

"Whaur's Leonard?"

"He's at wark."

"Guid. I haetae talk tae ye."

Grace walkt intae the scullery an sat on a stuil, hir legs splayin open in a basin o blak, woollen cloth. "Who's this?"

She didnae waste a minit in ascertainin the provenance o the terrifeed wean.

Maisie muived ahint Daniel an pit hir hans on his shoulers. "This is Leonard's nephew," said she, afore she had time tae plan hir wirds. It was too late tae stairt talkin aboot cousins, tae explain that Daniel was the son o a wumann wranged bae Leonard's brither — that Daniel was a nephew o Leonard's. She held hir breith.

"An what's yer name?" akst Grace.

Maisie exhaled, content that nae further explanation as tae the boy's exect position on the femlie tree was required.

"He's caalt Daniel an he'll be stayin wi us."

Maisie didnae pit a time on the notion. She was temptit tae add *fur a while* tae stall the storm, but instead, she walkt tae the kitchen tae git the porridge frae the stove. "There we are, boys, said she, "an gae easy on the treacle fur it's tae last!"

"There's sodium saccharin in my hoose," said Grace. "Cannae bide bae the stuff masel. It aye leas me feelin starved."

"I've enough o it," said Maisie. "Send it up tae Lily."

"I dinnae hink oor Lily feeds them weans noo the schuil's stairtit giein them thair tay. There's no a pick on them, no lik wee Hughie here." She nippit hir grandson's cheeks quare an haird. "There's a boy wi colour in his jows."

The porridge bare had time tae cool afore it disappeart frae the bowls.

"Noo, away an show Daniel hou tae play thon harmonica afore we git ye ready fur schuil," said Maisie.

"Is Daniel no gaun tae the Pal-ok-yil schuil?" akst Hughie wi a lang face.

"Daniel stairts the Parochial School nixt yeir, son. He'll no be gaun tae schuil the day."

The weans left the ruim an Grace spak. "An who's leukin efter the wean til then?"

"I am"

"You are no!"

"I am so."

"Hou come?"

"His ma isnae able tae leuk efter him, sae he's fur bidin here wi me an Leonard." Maisie spak wi confidence, as much tae defy hir ma as tae trample the chances o the boy iver encounterin Wilbur McCallum again.

"What in the name o—? Stayin h'lang for?"

"As lang as he needs tae stay."

"A week, a month. H'lang?"

"Mebbe foriver."

Sayin it aloud was as absurd as the thochts o it, but noo that she had said it yin time, she felt closer tae the idea o it. Daniel was stayin fur guid an she had onlie tae think o his stepfaither's surly face tae know that she wanted it. She had onlie tae think o Daniel's feart expression tae know that he needed it.

Feet pattered frae the bak ruim upstairs as harmonicas an lauchter sounded.

"Ye cud tak him tae the orphanage," stated Grace.

"Daniel's no an orphan. His ma's alive."

"Ye need yer heid leukt at! Ye cannae rin aroon makin a ma o yersel the way ye dae wi Lily's weans. Yin day ye'll come hame frae yer wark an the wean'll be away. His ma micht no want him noo, but she'll want him. You mairk my wirds."

"You teuk in enough strays yersel in yer time."

"Heth, I know what I'm talkin aboot an I can tell ye that she'll be bak an yer hairt'll be broke fur as sure as God ma ain hairt was broke wi them weans o yer uncle Harry's. They aye come fur them in the en. She'll be bak whan she needs the wean."

"The wean needs somewhaur safe tae live, Ma," whuspert Maisie. "Her man's a bad rip. An onie road, Leonard's da wud hae wanted it. He'd hae wanted Leonard tae leuk efter his ain. Efter the way he went in the end too, God rest his saul."

"God rest his fit! Oul Leonard Gourley was a bad blirt an you know it! He died alane fur he knowed onlie tae tend til his sheep an no til his weans. An did I no wairn ye thon yin ye mairied wud be the same? Nae better than sheep, the lot o them, if ye ask me."

"Naebodie akst ye a thing an ye can git alang if ye're gaun tae condemn a man in his ain hoose!"

"I'll be gaun naewhaur, Missy." Grace leukt up at hir dauchter an winked. "Fur I heared there was a bit o epple tairt."

"Has Jamesina bin giein aff aboot me?"

"Aye, ye're fur the divil, saes she, but afore ye heed sooth, I'll tak a wee bit o the divil's pie masel."

"Watch ye dinnae git a penny stuck in them new teeth o yers!"

Grace remuived hir dentures an set them on the table, hir cheeks collapsin intae the middle o hir face.

"Hallowe'en is ower, Ma! Pit them bak in afore ye fear the weans.

The beady een o hir ma assessed hir iverie move as she poured wairm watter intae a bowl, dipped a cloot in an rubbed on some Lifebuoy soap.

"Daniel, you first," said Maisie, passin the flannel fair an smooth ower her nephew's cheeks an aroon his neck, clockin hir ma's exaggerated turn o the neck, tilt o the heid an clesp o the lips. She stapt an leukt up, warie that she wasnae follaein hir ma's script fur gittin on in the warl. "What's up, Ma?"

"What's up wi me? I'll show ye what's up wi me." Grace teuk the tin basin o watter an set it doon on the grun atween hir feet. "Hughie," come here, son," she piped. "Come here til we show young Daniel hou Pop-eye gits washed."

Maisie bit hir cheeks an scratched hir lug as twa fameeliar red, swoll hans plooed throu the watter, plucked the cloot an rinsed it afore takin Hughie bae the bak o the heid an scrubbin his skin raw. He scraiched, "Grannie!" but Grace ignored his plicht as weel as the blotches o purple an white on his face an held up the cloot triumphant-lik. "See the dirt on thon cloot!" she said, heraldin hir trophie an leukin intae a middle distance as she addressed Maisie, Daniel, Hughie an a hale generation forbye. "Young yins dinnae know hou tae leuk efter a wean."

Maisie rawlt hir een an escaped upstairs wi a jug o watter tae git dressed. She slowed doon as she leukt in the mirror in hir bedruim. If hir ma was sae guid wi weans, she wud tak hir time an mak somethin o hirsel fur a change.

She rin some Solibox ower hir toothbrush an brushed ilka tooth individual, as advised bae hir freen, Sally. She checked the reflection o hir smile, aal teeth present an accounted fur despite hir ma's constant pleas tae hae them replaced wi dentures. Hir teeth represented the onlie fortuin she had iver knowed, sae she wud abide wi them an enjoy bein the yin memmer o the femlie who cud chew ocht mair substantial than spam.

She puult on a tweed skirt an cream twin set, claes no quite wairm eneuch fur the cool wather, but the onlie articles Maisie had that leukt decent eneuch tae pit on tae gae doon the street. She untied the rollers, brushed oot the curls an catcht the mahogonie tints the Brunitex shampoo had cast on hir chestnut hair. 'Moonbeam Reflections' was what it had said on the label. Muinbeam, indeed! Folk wur gaun tae think Maisie had bin beamed tae the muin an bak whan wird spreid aboot Daniel.

The sheddae o hir bodie growed in the siller dust o mornin, the curve o her belly roonded on the sheddaes on the wal. She turnt tae the mirror an rin hir hans doon the banes that edged oot frae hir hips, curves that had bin rationed atween twa wars afore they iver had time tae tak shape. She pit a navy woollen jockey kep on hir heid, pinched hir pale cheeks, fixed hir braid eebroos wi a brush o hir index finger an walkt bak doonstairs; hir mine awash wi the hansel o Daniel, hir bodie incandescent wi Leonard an his sang.

Maisie was bae the Parochial School gates on the Old Glenarm Road, bathin in sunshine an cool air on the first mornin o winter, smilin at the thochts o Hughie, who had juist gien a playgrun soliloquy tae mairk the arrival o Daniel. "He's frae Bonnie Scotland! He hasnae the picturs in his kintrie! I'm lairnin him tae be Popeye the sailor man! Toot toot!"

The weans stuid still, waitin fur a reaction frae the Scotchman. Nane come, sae they wannered aff, begunkit bae the silence o the new cousin.

Maisie waved at Sally, who was lik a sprig o holly in a lang, bottle-green coat wi a red beret perched on tap o hir dairk curls. "Guid morning, Mrs Andrews," she caalt oot, coverin hir ain drab trench coat wi hir shappin basket. "Thon's a powerful hansome owercoat ye hae there."

"Guid morning, Mrs Gourley. An thon's a powerful hansome boy ye hae there."

"His name is Daniel. He's a freen o Leonard's"

"Hello there Daniel." Sally teuched his chin wi a white gloved han.

Daniel turnt away an hiddelt intae Maisie's coat. Maisie lifted him as his bodie flicthert in hir airms. "There, there," she whuspert in his ear, forgittin that he was a four yeir-oul boy an no a babbie. "He's a cousin o Leonard's." Maisie an Sally had stairtit tae walk side bae side. "He'll be stayin wi us fur a while. I'll git ma ma tae keep an ee on him in the mornins."

Sally dismissed the wirds wi a shake o the heid. "A lot o nonsense," said she. "Did wee Hughie no play at peace whan ye wur warkin? Bring him wi ye!" Sally teucht his airm an Maisie felt his elbae stiffen again hir ain, his face burraein closer intae hir shouler.

"That's kine o ye, Sally," said Maisie, "but I dinnnae lik tae tak advantage."

"Och away! I miss haein wee Hughie aboot the hoose. It's settled. Say nae mair aboot it."

The final bell dirlt an Maisie noted the slicht acceleration o Sally's pace.

"Thon bell pits the fear o God in me yit." She shiddert. "I think bak tae Frilly Drawers iverie time I hear it."

"I onlie hope the guid Lord spared the weans o Ulster frae Miss Filly yince she left Larne," replied Maisie. "Ye wunner why she makt sae muckle effort wi hir nether regions whan she makt sae little wi hir face."

"Aye, ye wunner." Sally tichered.

"Was it a sum ye got wrang?" Maisie minded Sally passin oot on the reuch tiles o the lavatories efter bein lashed tae the bane in Sixth Standard.

"Aye, blistered hans an bluid gushin doon ma airms fur a wrang answer. Somethin tae dae wi rawls o walpaper coastin this, that or tither. Hou much change wud ye hae frae £1? If I cud gae bak in time, I'd tell hir I'd tak an extra rawl tae bak the buiks wi an then there'd be nae change tae wirry aboot!"

Maise sheuk hir heid. The wemeen o Waterloo Road had tended tae Sally's wounds an clucked fur an oor aboot what was tae be daen aboot Frilly Drawers. It was agreed that Maisie's ma shud be dispatched tae the schuil tae deal wi Miss Filly in person.

"I'll niver forgit what yer ma said as lang as I live," said Sally. She ris yin han an proclaimed, "Git doon on yer knees an pray, Miss Filly! Fur ye'll no git throu the pearly gates if yer time on earth is spent floggin weans."

Maisie smickert at hir freen's uncannie impersonation o hir ma.

"Grace Higgins has a tongue wud clip cloots," said Maisie. "Aal the same, she wud hae bakt away if Frilly Drawers hadnae caalt hir cleanliness intae questin. 'Filthy Woman!' That was the end o the road fur Miss Filly! Miss Filly was jealous o ye, Sally."

"Jealous o an eleven yeir-oul girl who'd just lost her ma?" exclaimt Sally. "She was a cruel oul targe."

Maisie had growed up wi Sally's dairk een an lang, broun hair, but it was onlie whan she had stairtit tae go tae the dances in the Plaza that she unnerstood the effect o Sally's leuks. Men an weemen wud gleek at Sally fur juist a minit afore leukin tither away. They wud leuk away, affrontit tae be catcht starin, an miss the truth o Sally's dairk een. They wud miss the skimmerin sadness o the wean inside.

"Yer ma was aye guid tae me," said Sally, hir face bricht wi nostalgia.

"I suppose she haes hir uises! Sure, there was nane better nor yer da."

"He was a guid man whan he wasnae as ful as the Baltic."

"The Ramseys wur the bravest men o Larne, ma ma affen said."

"Strang men wi strang baks, who cairied the wecht o Lambeg drums an the burden o temperance. Da had the lighter load o the fluit an the bottle."

Maisie leukt at hir freen. It was guid tae hear hir talkin aboot life afore Mrs Andrews. "Ye're in form the day," said she.

"It's a guid day, Maisie. Noo tell me, what aboot this boy here?"

Maisie had aal but forgot aboot Daniel, whose baney shouler was slotted neat unner the crevice o hir chin. The tickle o his featherie hair was the onlie reminder he was there.

"He needed a hame. We're fur tae tak care o him." She winked an left the rest unsaid, aware that Daniel unnerstood mair than his blateness gien away.

"H'lang?" whuspert Sally. Daniel had heared the questin. He muived his heid an adjusted its position. "I hope it's a lang time," said Sally, "fur I cud dae wi a boy tae help me wi the gairden noo that Hughie's in schuil. I wunner if wee Daniel wud be guid at the gairden?"

Daniel's clatch was iver tichter aroon Maisie's neck.

"I doot Daniel liks tae sit bae the hairth," said Maisie, fur that was aal she knowed o him.

"I can mebbe read tae Daniel bae the fire. That wud be nice, wud it no, Daniel?" It was a questin designed tae forfeit a reply.

Singin Sadie's hoose was on the corner o the Old Glenarm Road. She was on a step ladder cleanin the gutterin pipe an singin lik a lark. "Mornin, Mrs Mitchell," Maisie caalt abuin the purl o sang.

"Guid morning, Mrs Andrews. Guid morning, Mrs Gourley," chirped Sadie as weddin bells chimed frae the chapel.

"Who's gittin mairie't the day?" akst Maisie.

22

"They say it's a naval officer frae Chicago. The wee girl is connected til the oul Reverend Greer frae the Church o Ireland, sae she must be fur turnin. Away an enjoy the style!"

"Did yer da iver tell ye aboot Sadie's femlie turnin?" said Maisie whan Sadie was oot o earshot.

"I dinnae think sae," said Sally.

"Her femlie went frae the Anglicans tae the Covenanters at the time o the Spanish Influenza, but what wi thair brave voices, they wur hairtbroke tae find a church wi'oot hymns."

"Ma faither was a man o principal," said Sally. "He toul me hissel why he turnt away frae the Anglicans." She leaned in close tae Maisie as they crossed the Victoria Road. "The Reverend Greer gien a temperance sermon in the Olderfleet bar, an ma da, bein the brave man that he was, teuk the pledge alang wi aal the sailors drinkin on the slate efter wark. His temperance waned wi'in the fortnight an the RIC scooped him up frae Quay Street an pit him in the Chooky Hoose. The verie nixt Sunday, ma da was named an shamed at the front o the church fur breakin the pledge."

"They read oot his name?"

"Aye, an ma ma was affrontit. Ma da made a quare rair aboot it an went straight tae the Non-subscribing Presbyterians the nixt week. There, said he, he was allowed his ain interpretation o the bible."

"An what was that?"

"That he was onlie answerable tae the Guid Lord an nae master, that he cud be fillt wi the holy spirit as affen as he pleased."

A croud had assembled bae the church gates on Chapel Lane. Maisie quickened hir pace tae catch sicht o the bride, who was in a goun o pouther blue wi a bouquet o red carnations, hir dairk hair assembled on tap o hir heid in a pile o curls, crooned wi a lang, white veil. The bridesmaids wore red, velvet dresses an cairied fur muffs, an the groom stuid tall in his naval uniform. Maisie had niver seen sich style.

"A bonnie bride!" exclaimt Sally.

"Lik a queen." Maisie leukt at the groom an wunnered what life hae bin lik if she had waited tae the war afore mairryin. She micht hae fell fur a rich naval officer frae Chicago, lik the wumman in the pouther blue dress.

Her ain weddin day had bin uneventful, the onlie hint o romance a fleetin yin efter the weddin breakfast whan Leonard had leukt up ower his saxophin an catcht hir ee. Maisie cried the nixt mornin knowin that she wud haetae live wi his silence fur a lifetime.

She leukt aroon hir at the croud o weel-wushers. "There was nane o this style whan we wur mairied."

"We wur the same," said Sally. "I didnae even hae a weddin goun."

An ackwart pause follae'd. Maisie an Sally wurnae the same. They hadnae bin the same frae the day Sally had mairied Dr. Andrews an flitted tae tither side o the waal. As far as Maisie cud tell, the onlie thing that had iver come atween them was the twelve fit waal separatin the lang, skinny gairdens o the Waterloo Road frae the three large hooses occupied bae the minister, the doctor an the politician.

Iverie Monday, Wednesday an Thursday, Maisie went tae tither side o the waal tae play an unconventional game o maid an mistress on the border o Sally's life, a game that at times felt nostalgic an fameeliar — a continuation o childhood play wi an abidin sense o incompleteness whan the roles wurnae reversed.

Maisie stairtit tae walk away frae the church, still houlin Daniel who was that licht he cud hae floated away wi the confetti petals birlin ower the crisp, orange leaves. She wunnered if he had taen tent o the weddin, if it had brocht bak onie memries o his ma's at Gretna Green, but a chill hastened hir feet as she imaigined him stowed away in the dickey seat.

"Catch a whiff o thon," cried Sally in a braid voice as they come close tae the stench o the lough. "It's a guid day fur pickin wulks." She leukt doon Quay Street an turnt tae Maisie. "Is that no yer sister Lily?"

"It cudnae be," said Maisie, assessin the slicht figure in the lang broun coat. "Lily's at hir wark."

She leukt again, an was greeted bae a wave. Hir sister's shouler-lenth curls wur loose aroon hir neck, wi nae sign o the hairnet she wore in the fectory.

"Mornin Lily," said Sally. "Ye're leukin weel."

Lily flicked hir moonbeam hair, "Aye," said she. "I had a bit mair time on ma hans this mornin. Nae scootin oot the dure at the drone o the fectory!"

"An why no?" akst Maisie.

"Did ye no hear? I'm clockin in at hame!"

"Ye're what?"

"I got laid aff," said Lily. "Tools doon fur the weemen as o at four o'clock."

"Ye're jokin me!"

"A wush't I was fur I was the maist nimble an quick Tier-in Drawer-in they iver did see. Too monie men on the dole. We're tae git bak hame whaur we belang."

"Did ye iver hear the liks?" fumed Maisie.

"Och dinnae wirry. Uncle Peppy's giein me a wheen o oors in the ice-cream parlour. The early burd catches the worm, sae they say."

"That'll no cover the bills."

"It'll be nice aal the same. A change." Lily acknowledged Daniel wi a stroke o his hair. "Maisie," said she, "cud wee Hughie mebbe move bak in?"

Maisie choked. "What odds will it mak if he stays in my hoose? Ye're there iverie nicht o the week." Did Maisie need tae remine her sister that Hughie had first slep in her hoose as a result o his ma no knowin whan tae gae hame?

"It's juist Rab...He wants wee Hughie tae be reared wi us."

"Naebodie's iver tried tae tak wee Hughie away frae ye." Maisie was surprised tae find hir voice tremmlin.

"It's time fur Hughie tae come hame. It's the way it's meant tae be."

"In the name o God!" spluttered Maisie. "We're onlie two dures up. It's no lik he's in Australia."

"Ye can still mine him whan I'm here. I'll be stairtin in Peppy's the night. Bring him an this wee Scotchman doon fur an ice-cream." Lily turnt hir attention tae Sally. "Rab's applied fur a parlour hoose up the road tae gie us a bit mair ruim. He got made up, ye know? He's foreman noo."

"That's guid news," said Sally.

"Wunnerfuul," said Maisie, swalaein haird an composin hersel fur the sake o polite companie.

"We had better be gittin on," said Sally. "We're fur the McNeill Hotel. Late birthday present." She winkt at Maisie an stairtit tae walk on aheid.

Maisie lingered in front o hir sister. "Ye might hae waited an toul me at hame!"

"What? An hae ye jumpin doon ma throat? Ye're aye the lady whan ye're wi the doctor's wife."

"Rin on an git the keys tae yer parlour hoose," said Maisie. "An ye may sweep the fluir mair affen fur the wean cannae abide bae the dust."

Maisie walkt on an catcht up wi Sally, who had stapt in front o a newspaper stall. I'M CLOCKING IN AT HOME was printed above a Milk of Magnesia advert. Maisie stapt an read aloud wi disbelief. "I've said goodbye to that war job and now I'm going to enjoy the simple home life I've been eagerly planning."

"The oul warl haes bin restored," asserted Sally.

"The oul warl? Can ye iver mine a time whan there was a better warl than this? Aal I mine is unemployment an rationin frae yin war til the nixt. Men standin at the fectory corner deliberatin warkers' rights an weemen scrubbin laundry fur a pittance. The simple life at hame onlie iver meant raw knuckles, as far as I knowed. An I'll tell ye, mair forbye. Thon sister o mine is in fur a quare gunk. She'll need mair than Milk o Magnesia efter yin day wi her ain weans!"

"I meant what I said aboot the tay, bae the way."

"Ma birthday was in March!"

"I hae a wee bit o news."

Maisie leukt doon tae hir freen's stomach. The thick green coat was disguisin a slender curve. Sally's confirmation come wi a nod. "Come on. It's on me. There are advantages tae bein the doctor's wife, ye know?"

Maisie teuk Sally's han. "I'm hairt-gled fur ye, dear, I'm hairt-gled."

Chapter Two

Sally was distrectit bae hir ain reflection. She cudnae see ayont it. She cudnae see the oul waal on this wild January nicht, but sensed its presence lik the comfort o knowin that somebodie else was at hame.

Naebodie else was at hame. She was alane in a hoose fillt wi coul echaes an marble fireplaces, onlie a stane's throw frae the wairm voices an grates o the Waterloo Road. There, lanesomeness had niver bin hir lot. Even on the dairkest days, there had aye been yin or anither neighbour in the scullery cleanin or fussin ower hir faither. Monie's the time, Sally had woke wi Jamesina's coul feet nixt tae hir face an the fleetin recollection o haein bin cairied nixt dure tae nummer fifteen. "Yer da had a bad nicht, dear," Grace wud say in the mornin, an she wud reach hir red, swallt hans oot tae pet Sally's heid afore skelpin the bakside o whichiver o her ain weans was leukin the wrang way.

An Sally wud sit there takin it aal in.

She wud watch Maisie an Lily scratch oot yin anither's een wi ilka mutual glence. She wud squirm as Jamesina spoont porridge mixed wi cod liver oil intae hir twin brithers' mooths. She wud smile as Kenneth Higgins strapped up his braces afore takin his piece frae his wife. There wud be a kiss on the heid fur each wean an a wink the lass that wud hae gien oniethin tae hae yin mair skelp on the bakside an yin mair spoonful o mingin cod liver oil frae the raw hans o hir ma.

Winifred's face had lang left hir mine. Sally squeezed hir een shut an tried haird tae imaigine it, but hir onlie memrie was the teuch o hir hans. Hans that had lifted hir ontae the scullery table tae tend tae hir cut knees. Hans that had brushed hir lang, broun hair iverie mornin. Hans that had slapt hir bare legs whan she had gien cheek.

There wur nae photographs tae stock up Sally's memries. There was nocht o Winifred Ramsey left; nocht but the memrie o twa raw hans that scrubbed laundry day-in-day-oot.

"Set yersel tae lairnin, Sally," hir ma had affen said. "Set yersel tae lairnin an ye'll no hae hans lik mine bae the time ye're ten."

The watter on the windaes faltered intae a grey haze an Sally's sauty een mirrored the faal o the rain. She repeated a weel-lairnt yairn in hir heid. "What wud ye think o aal this, Ma? Did ye plan this whan we walkt aroon Newington Avenue thegither — me wi the white bedsheets set ower ma airms, you cairyin thon big baisket o pressed shirts? Did ye think that I might live here in this hoose? Did ye wush sae haird fur it tae happen that ye died? An an noo, whan ye leuk doon on me, are ye gled? Ma hans are saft, Ma. Leuk, Ma, saft as butter. But if ye see me an Maisie here lik twa weans playin hoose, ye'll know that ma hans are saft, an ye'll know that ma hans are idle."

Sally's hans wur ris tae hir ma as the twa weemen stuid thegither, yin on the windae o Sally's imaigination, tither starin at the reflection throu twa pale hans that bore nane o the haal mairks o life on the Waterloo Road.

A scraitch on gless brocht Sally's hans in close tae hir chest. She happit her cardigan roon her an leukt ootside again, regrettin that she hadnae closed the curtains afore Alfie had left tae caal on a sick patient.

A childlik fear skipped alang hir spine, a fear that she had lang syne replaced wi the ghaists an guardians o hir mine. She walkt tae the windae an stapt. The sound o clawin. It was a cat. That was it. The sound had tae be a stray cat. She pullt the wechtie curtains alang the mettle rails, forgittin aboot the drawstrings that heuked alang the tap. The scraichin halt at the corner o the bays forced hir han up tae hir breest yince again. At last they wur closed. She shud git tae bed. But she wudnae sleep. She wudnae sleep knowin that hir imaigination was lot loose in this cursed hoose wi its cursed, coul echaes.

What remained o the young Sally Ramsey was in this yin ruim, the rest o the hoose a mausoleum tae Alfie's grandfaither, Captain George Andrews, who, bae way o his collections, lived a phantom existence at Dalriada lang efter his deith.

Sally cud hear hir faither on hir weddin day tell hir that it was richt an guid that she was here in this hoose fur aal men wur created equal an there was nae reason why his dauchter shudnae hae the best o iveriethin, a sentiment that lingered frae his days at the fectory corner whan he stuid shouler-tae-shouler wi the ither oot-of-wark socialists. She smiled at the thochts o hir faither an his enless speeches an got up an poured hersel anither gless o port. She held it up tae him an walcomed its scorchin sweetness.

She walkt tae an oul dresser, the onlie bit o furniture she had brocht frae nummer seventeen. In the yin drawer was hir faither's fluit an his tin whussle, in tither his banjo. She had niver lairnt tae play the banjo, but she lifted it oot frae time tae time, tae tak comfort in the memries o its cantie strings.

She sipped bak the velvetie fluid an hir ma's wirds rattled throu hir memries in a sermon thrashed oot again a rug suspended frae the bak waal. "Why I iver mairied thon guid-for-naethin blirt, I'll niver know. Iver since I met thon man, I hinnae had two D tae rub thegither. An what for? I'll tell ye what for, Missy! A bluidie banjo! That's what for!"

Sally pictur'd the threeds o hemp frae the hessian secks floatin intae a speckled mist as the pigs stared at yin anither in confuision.

A large envelope was fillt wi muisic scores an sang lyrics. She pit it ontae the fluir an rin hir hans ower the banjo an smiled as hir ma's voice streamed on, "Why in God's name did we need anither instrument in this god-forsaken hoose? Is it onie wunner I niver git a night's sleep? Is it onie wunner I'm tired mornin, nuin an night? Is it onie wunner ma heid thrabs fae the minit I wake?"

Sally pictur'd hir ma's blak dress swushin traiks alang the grun as she poured hir hairt oot tae the big waal.

She didnae know that a brain tumour was the reason fur sich affliction. She didnae know that she was sick wi cancer. Sae she drummed on lik a mairchin ban. "If thon man brings anither instrument intae this hoose, he may stroke it an strum it six feet unner, an I'll tap oot a tuin on tap o his grave fur he aye said a finer dancer was niver seen than Winifred Ramsey."

Sally drunk the last o the port an leukt aroon the ruim. She was mair at ease noo. Alfie wud be hame suin, an she wud tell him aboot the banjo. He aye enjoyed yairns aboot hir days on the Waterloo Road. He spent half his childhood peerin ower the waal, wushin he cud play bare-fit wi the weans. He had watched frae his windae whan Sally come ilka day wi the laundry. That's what he had toul Sally whan he coorted hir, an she believed it fur there was aye a sense the hoose was watchin hir an caalin hir in. It was a wairm feelin then. She had little notion hou coul the hoose wud be on the inside. She had little notion hou it wud afflict hir mine.

Nor did Alfie, who was aye catcht atween curiositie an fear as he driv hir bak an forth frae the psychiatrist's study. Hallucinations. Hysteria. Demons parteeclar tae a wumman's mine.

They wur wrang. Aal o them. It was Dalriada. Sally knowed it.

Scratchin come frae the windae again. Sally didnae fret. The port had saffened hir nerves. She turnt aff the lichts, walkt intae the haal, pit the chain on the front dure an stairtit tae pull the curtain ower. She stapt, mindin the metallic gratin sound in the kitchen an reached fur the tassel o the cord.

A clang rung oot frae the side o the hoose. She loupt bak away frae the dure.

The bin. It must hae bin the metal bin blowed ower in the wind. She walkt tae the scullery in the dairk. The yairdlicht shane upon the concrete an the bin-lid sweelt on the grun. The oul bath tub that had bin heuked tae the waal was noo sittin near the lavatory in the yaird.

But the cats. She thocht aboot the cats scratchin at the windae an the bin an she pullt bak the dure. The nicht air was still. Nae rain. Nae howlin wind. She lifted the binlid frae the grun. An there it was again, that feelin o wairmth an hope as she stuid on the threshold o Dalriada.

A whussle ris lik hir faither's voice an Sally leukt up tae the sky.

"I was thinkin aboot the baith o ye the night," she whuspert. "Ye wur here wi me. I sang 'Let me call me sweetheart' in ma heid."

The whussle speelt an particles o dust an fibre birlt throu the air. The dure slammed, but she felt nae fear. She stuid still an listened tae the sky as the port washed hir mine

"I mine whan Da sang fur ye, Ma. I heared ye hummin his sang in the gairden whan ye wur hingin oot Captain Andrews' sheets. Ye thocht it was better ower here. Ye had nae idea."

The wind ris again an Sally immersed hersel in a memrie. Or was it a dream? She was niver sure which. She cud pictur a wumman reachin intae the bath. She cud see the bluidie cloot. She cud see the skin. Bluidie skin.

She swavered an catcht the bin tae steady hersel.

A babbie. Deid.

She leukt up tae the heavens an bak tae the bodie as tears tripped doon hir cheeks. It aal felt real.

"What shud I dae?"

Was it real? The hannles o the bag wur open.

"Shud I lift the hannles, Ma? What shud I dae?"

Her bodie swavered as hir mine flashed bak tae December, tae the tengle o birth an bluid an the babbie she had bled fur ilka nicht.

"Who wud dae sich a thing?" she cried oot in the silence.

She hoked roon the side o the bag, hir een shut, hir airms streetched oot frae hir face. She turnt hir heid away an lifted the bodie, the wairm bodie. It was hot.

Dreams. Memries. The present. Demons parteeclar tae a wumman's mine.

She pit hir wee finger atween the purple lips, an hir finger tingled at the tug as she cleansed the vernix frae the face an bodie wi a linen rag an watched wrinkled newborn features emerge frae the folds o clotted bluid.

A girl communicatin life wi a dreeble o watter.

She needed a napkin an she needed watter, but she cudnae lea the babbie lyin there, coul an exposed. She stuid up an cried "God Almichty!" in an echae o hir ma's voice.

She was in the scullery leukin a napkin, but nane o the muivments she made belanged tae hir airms. Was she hallucinatin? Was this the hysteria Alfie's doctor freen had prescribed? She stiffened an the babbie stairtit tae muffle a low, serrated cry again hir breest. She lay it ower the settle again tae quell the tinglin sensation o sweat unner hir airms. But the airms wurnae hir ain an the feelins wurnae real. Yit, the scent o it was there, lodged in hir mine.

She shut hir een an she cud see a figure tak baith feet atween hir left index finger an left thumb an place the napkin unnerneath.

Browne's Irish Linen cud dam a river, she had affen bin toul bae hir faither. She lifted the clean babbie an held it close. Its lips scuffed hir neck.

"Guid Lord in the Heavens above!"

Her ma's voice again.

The babbie needed fuid an it was saft-lik sairchin fur it on Sally's nakit skin. What was she tae gie a newborn wean?

She hushed an hummed an swayed up an doon an bak an forth, an as the babbie settled, hir faither's sang emitted frae hir lips. 'Let me call you Sweetheart.' She sang in a saft timbre as hir bodie muived throu the hoose.

She picturd the cover o hir faither's first record. A wumman wi a lang dairk plait rinnin doon yin shouler. She had insisted on wearin hir hair in the same fashion whan hir ma had taen hir tae the pharmaceutical store fur a photograph at the age o nine. "Let me hear you whisper that you love me too," she sang. "Keep the love-light glowing in your eyes so true. Let me call you Sweetheart, I'm in love with you."

She turnt oot the lichts in the kitchen an settled intae the wuiden rocker, the voice o hir faither filterin hir lungs in crystallie streams o sang as a dim licht flickered throu the scullery dure an a babbie suckled on hir finger, tuggin dormant vibrations in hir womb, tinglin ducts alang hir oxters.

A tug deep wi'in hir womb. A face shinin in the cabinet mirrae atween a crystal bell an goul-plated porcelain shoe. A wumman rockin a banjo. A wumman wi'oot a babbie in hir airms.

Alfie was pacin bak an forth in the bak kitchen, his logic clashin wi the saft canopie o sang that had encircled the ruim.

"And the bin lid was on its side? Lik the sound of a cat, ye said? A baby. Still warm?"

"There isnae a wumman on the Waterloo Road wud abandon a wean on a coul nicht," said Sally, as the wean slep on hir shouler. "We might hae bin reared wi haird hans, but we onlie iver knew kine hairts."

She felt the chill o Dalriada.

Alfie knelt anent hir an pettled the han that cupped the babbie's bak. "Imagine then how bonnie Rebecca would have been. A wean born to a woman with kind hands and a kind heart."

Rebecca. The name they had planned tae caal the wean.

Alfie paused an leukt at Sally an Sally catcht the broun een o the teenage boy who had keekt oot the windae as the laundry maid walkt by.

"Still, she would have spoken the King's English like her father." He smiled.

It was the truth. Rebecca wud hae spoke lik hir faither. She wud hae bin reared in the ways o the Andrews' femlie, an richtly so, fur Sally had had ambitions fur thon wean. She wud hae lairnt French. Or the cello. Or the harp. Aye, that was it. Granda Ramsey wud hae approved o the harp.

"Where are we to take the baby?" said Sally finally, attemptin tae disguise a tongue waikened wi drink.

"Take who?" come Alfie's concerned voice.

"The warkhoose. Dinnae tak hir tae the warkhoose."

Wirds filtered in an oot o Sally's mine as hir vision blurred.

"We need tae tell the RIC," she heared. A fameeliar voice. No Alfie's voice.

They wur in the yard an Alfie was houlin hir han an placin the bathtub bak ontae the heuk. The stars had disappeart. "Guid night, Ma an Da," she whuspert, quare an saft.

The motor stairtit wi a scraich that altered the steady breithin again Sally's chest. Alfie driv bae the pitch blak tennis club. Sally imaigined a lass hidin an watchin.

No, she thocht. The ma wudnae be oot on this coul nicht wi bluid streamin frae hir bodie.

The lichts o the motor sprayed thair orange dust ower the road taewart the gate o the Town Parks, an the motor turnt ontae The Clonlee. Was the mither in the pairk? Was she doon on the shore? Sally cudnae thole the thochts o the wumman drounin.

"Mebbe she chose us," whuspert Sally.

A gear change cocht ower the silence.

"Let's git ye to the doctor," said Alfie.

Alfie was a doctor. Why was he takin hir tae the doctor?

"Let's go," said he. He had pairked bae a hoose.

"No," said Sally. She'll onlie greet if I han hir ower tae ye. Nae need tae fear her."

"Sally!" Alfie's tone was haird, his een saft.

"What if she's cruel?"

"Who?"

"We dinnae know who. The new mither. What if she's cruel?"

"Sally, ye're worrying me. Do ye see something? Is it another vision?"

"Keep the babbie. She wants us tae keep the babbie," said Sally, tears wairmin hir face. She cud feel Alfie lift hir wechtless bodie. Hir hans intertwined, empie hans that wurnae houlin a babbie. An then there was the doctor an the tapestrie chair.

She shut hir een. She cud hear the revellers gulder an sing as they retuirnt frae the dance at the Victoria Hall. She cud see hir ma. She cud see hans, the ootline o a thin bodie, auburn hair looped at the nape o the neck, licht faalin in on a freckled face.

She cud see the face o Winifred Ramsey, an she wunnered if it wud be easier tae stan bae a twelve fit waal amang the pigs an gulder an curse an bate twa hessian sacks sewed thegither wi wool than tae live the life o a stane memorial walkin.

"Rest peaceful, Ma," she whuspert, hir ma blurrin oot o focus atween the crystal an the porcelain shoe. "Yer eyes wur waik, but yer hans wur niver idle."

"She's delirious," come Alfie's voice. "And she's having the same dream."

"The abandoned baby?" It was the voice o the doctor.

"Yes. The same one she had after the last miscarriage. Five months this time."

"Hold her steady," said the doctor.

Sally felt a shairp pin prick in hir airm.

She needed tae sleep.

Her eelids closed an she saw hir reflection in the mirrae o the China cabinet. She saw the banjo in hir airms.

Sleep washed ower her. A release frae the dream that didnae stap.

Chapter Three

Sally Andrews was a mysterie. There she was, aal dressed up in knee-lenth pouther blue dress, starin oot the windae, a hint o approval skinklin in hir enigmatic een. Maisie didnae hae the hairt tae tell Sally that the airm was a delicate thing an that it wud be preferable if hir hindquarters wur positioned on the baize an cherry moquette. She said nocht aboot it fur Sally hadnae bin hersel these last wheen o months. She had lost a wean at Christmas. A second, Alfie said.

"Ma ma cudnae see at the last, ye know?" said Sally.

"Och och a nee, I mine it weel," said Grace.

"She uised tae sit an listen tae the weans. I wunner what she wud hae made o thon swing."

"'Awa an shut thon thing up!' is what she'd hae said. I'm tellin ye, yin o them wean's is gonnae git hurt on thon swing."

"Honest tae God, Ma!" said Maisie, "Will ye iver be thankful fur ocht? If it's no the lectric streetlights, it's the tyre swings danglin frae them!"

"Humpf," said Grace. "Thon lights isnae richt fur the een. She leant forrit. "Is it the lectric lights or is thon Big Melodeon feet hissel I see afore me? He had better no be comin here!"

Maisie rested hir duster an watched the minister dwadle bae the swing.

Hughie jumped aff the tyre an rin up the path. "Grannie Higgins! Grannie Higgins! It's Big Melodeon Feet!"

Maisie held hir hairt in hir han as she turnt tae hir ma, who emitted a saft ticher.

Hughie, egged on bae his grannie's reaction, swayed his hans frae side tae side an sang. "Skinny Malink Melodeon legs, big banana feet, went tae the picturs an cudnae find a seat. When he found a seat, he fell fast asleep. Skinny Malink Melodeon legs, big banana..." Maisie clesped hir han ower Hughie's mooth, mufflin the last wird. Ahint the wean stuid Reverend McCready, the man wi the langest legs an the largest feet she had iver seen. She catcht the braid een o Daniel, who was assessin the man's shoen.

"Guid mornin Reverend McCready," said Grace in hir polite, earth-shatterin voice.

"Git on an play noo, weans!" directed Maisie tae Daniel an Hughie.

"The young fella said ye wur here, Mrs Higgins, an I'm happy tae find ye all together for it's been quite some time frae I set eyes on young Maisie. And I take it this is Lily. It's in maiters of education that I call, Mrs Higgins."

Maisie catcht a smirk frae the side o Sally's face as she settled intae the baize an cherry moquette, an she gied up hir duster: yit anither day was tae pass wi'oot gittin a han's turn daen. "Can I git ye some tay, Reverend McCready?"

"That wud be very good indeed."

"Weel sit yersel doon there beside... A wee sanwich, Reverend McCready?"

"Och no, dear, not at all," said he wi his saft Scotch lilt. "I'm not tae be eating the rations. That wouldn't be right. Juist a cup o tay."

Maisie knowed Reverend McCready wasnae yin fur sittin aboot. There was an urgency in his manner, an it was quare an certain he was anxious aboot the wark in han.

"It's a bit o a sensitive maiter, Mrs Higgins. It's about Miss Higgins, yer eldest daughter."

"Jamesina?"

"Aye, Jamesina."

"What's she daen?" akst Grace.

Sally jumped up an strechtened hir skirt.

"Stay whaur ye are, dear," directed Grace. "We're aal femlie here."

"It's the weans at the Sunday School, Miss Higgins. Miss Beatty got a smack frae Miss Higgins a wheen o weeks ago for not minding hir verse. The Beatties wur most affrontit an went straight to the Methodists."

Maisie keeked at her ma. Grace's lips formed a line.

"We value Jamesina's contribution at the Sunday School, but we think it might be better if she helped with other maiters that don't concern the weans."

"Reverend McCready, if ye dinnae mine me aksin, why in the name o heaven hae ye come tae me? Miss Higgins is a grown wumman an ye'll find hir at the post office."

He pit his hans thegither an Maisie leukt at Sally an prepared hersel fur prayer, but the minister tapped his chin wi his clesped forefingers an spak richt an careful. "Mrs Higgins, I have spoken to your daughter a wheen of times. She said God sent her to take care of the weans, that there are no two ways about it, she must do the Lord's duty in haste."

Maisie held bak the lauchter pinchin at hir cheeks an tried haird no tae leuk oniewhaur near Sally. She turnt tae hir ma, who lut oot a yeuch that sent hir feet intae the air. The minister stared at the ceilin, as if tae appeal tae the guid Lord fur sanctity frae Grace Higgins' bloomers.

Reverend McCready's lips stairtit tae tremmle. He pit his braid hans on his knees tae quell his bodie, leukt doon, clesped een wi Grace an lut a ticher streech alang the lang lines o his bany cheeks.

"Lea it wi me, Reverend," said Grace, composin hersel.

The Reverend bounded up frae his seat afore Maisie had time tae pour the tay.

"But ye hinnae had yer tay yit," said Maisie, half-hairted.

"Not to worry about the tea. I'd better get along."

Maisie went oot an watched him hurry up bae the big waal taewart the shore, his bodie sloped bakward as his lang limbs galloped on aheid.

"A lang drink o watter, thon boy. Did he come doon thon way too?"

"Aye, he did," said Hughie.

"A strange route tae come frae the Victoria Road."

"A quare an smairt way tae avoid the post office," said Sally.

Sally was buttonin hir coat an watchin the swing creak bak an forth as Hughie lay ower it on his belly. "Ye watch yersel, young Hughie," said Sally. "I need two strang men tae clip the hedges on Saturday an ye'll be nae guid tae me if ye loss yer heid on thon swing."

Hughie stuid an held his airms oot tae balance hissel.

"God's truth," said Maisie, "thon wean's lik Rab McNeill on a Friday night. Steady yersel son or ye'll no be fit for the picturs later the day!"

"It's quait," said Sally as she leukt up an doon the street.

"Aye, it's a queer sort o day, so it is," said Maisie.

Sally gien nummer seventeen a quick gleek ower hir shouler, as she aye did afore departin.

Maisie stapt an listened. A creak. The clip o court shoen. The sway o a rope. A silent sky that turnt blak clouds ower in its slummer.

"Move up! Two deep! Standing room in the back stalls only! Have your tickets at the ready, please!"

Maisie positioned Daniel an Hughie in front o hir an stuid bae hir ma as the usher tried tae even oot the higgledy piggledy line wi a chorus o instructions. It was a first ootin tae the picturs fur Daniel an a first ootin tae hell fur her ma, whose fear o ilka manifestation o modren society had muivin picturs at its hairt.

Hou Hughie had enticed his grannie intae the theatre in the first place, Maisie wud niver know, fur it had affen bin decreed that Lucifer was lurkin in iverie corner, aal trussed up in gilt an swathed triumphantly in red velvet.

Grace Higgins rairly ventured ayont the Waterloo Road. What uise was the Chaine Pairk aroon the corner whan she cud sit in hir ain bak yaird? Why walk tae the shore whan she cud hear the seagulls frae hir ain scullery? An what purpose did the vast array o stores doon the Main Street serve whan she had aal she needed at the corner shap?

Maisie despaired o hir ma's oul ways an wunnered why she had iver left the fairm in Kells tae live in Larne in the first place.

The dures opent up an Grace held up hir han tae hir chest. She assessed the centre o the ruim, whaur watterfaals o red velvet flanked each side o a screen flickerin wi blak an white lines. Hir ma's een scanned the sweepin staircases as draplets o white licht fell on hir thick neck.

She tugged hir ma's han an pushed the boys aheid, but Daniel didnae muive an inch farther than the tap step. He stapt, causin a waal o bodies tae crash again Maisie's bak. "It's the wean's first time," said Maisie tae the man ahint her.

Daniel's glessy een wur blak in the dim licht, his lips gently partit, an Hughie was pointin tae the boxes. "Thon's fur the hoity-toity folk. "We're doon in the pits."

Maisie teuk a seat at the end o the raw wi Daniel an Hughie on hir richt. Grace was on tither side o the weans, airin huffs an puffs o frustration in the confined space.

'Popeye' was the first short. Daniel's heid was tilted heavenward an Maisie cud hear the thochts o wunner tick throu his mine as clear as she cud detect Grace's mutterin "God's truth" that punctuated the campaign o slapstick seafarin.

Nixt come 'The Three Stooges'. Maisie kep hir een fixed on Daniel as the credits rolled. His silence had unsettled iveriebodie within earshot since his arrival six months past. "There's somethin no right wi thon wean," was Grace Higgins' diagnosis, bein at aal times champion o the adage that weans shud be heared but no seen. Maisie didnae need wirds frae Daniel. She unnerstood ilka hairtbeat an ilka flicker o his sad een, an she foun a way tae communicate wi the silence, ocht she had failed tae achieve wi hir ain tongue-tied husband.

Yin o the stooges was shot in the erse. Ticherin perforated the ruim in tuin wi a lang series o piercin snores frae Grace. Hughie exhaled breiths o amusement an dunched Daniel tae alert him tae the commotion. Daniel turnt tae Grace an smiled afore resumin his fixation on the pictur. The audience follae'd the three stooges an a bear aroon the quait screen as Grace's snores pelted throu the pictur hoose. Heids turnt in hir direction an cries o lauchter bounded aroon the theatre. Maisie sunk in hir seat, pit hir han ower hir face an tried tae houl bak the tide o mortification that streamed throu hir fingers.

A fanfare o trumpets mairked the end o the short. Maisie teuk the opportunity tae wake hir ma fur the main feature.

"A quare pictur!" said Grace.

"Grannie!," exclaimt Hughie, "Ye didnae see a thing, fur ye slep the hale way throu it. Ye missed the bear drivin the motor an iveriethin, sae ye did."

"Och nonsense, son. I didnae miss a single thing. Popeye was some boy wi thon bear, savin Olive Oyl forbye."

"Grannie!" repeated Hughie in a tone o chastisement. "Ye're on the wrang short. Did ye no see 'The Three Stooges', Grannie?"

"Coorse I did son. Dae ye hink I'm a nit-wit?"

"No, I tink ye're a dope. The coyboys an injuns is aboot tae stert."

A choir o yellae-legged gulls wi legs danglin gey an prehistoric walcomed them intae the bricht licht efter three oors in dairkness. Maisie adjusted hir een an tried no tae lauch at hir ma beatin the air wi hir hans tae stave aff the burds an the blindin sun. Hughie's cheeks wur stained wi the ice-cream that had dreeped aal ower his jumper. Daniel emerged spotless, iverie last drap o ice-cream licked away.

"If onlie life was lik the picturs," said Grace.

"What dae ye mean?" replied Maisie.

"Twa shorts wi aal the mishaps o the day an a feature lenth wi a happy enin."

Maisie thocht fur a minit afore respondin. The ice-cream had gane tae hir ma's heid. "Aye, Ma," said she. "Twa shorts an a feature wi a happy enin."

A bell tinkled at a distance ahint them as they walkt alangside the pastel-coloured gran terrace hooses o The Clonlee. Maisie was surprised tae hear the weans caal, "Uncle

Leonard." It was late fur him tae be gittin hame frae his wark. He finished at midday on a Saturday, but there he was in his warkclaes at five o'clock. He pullt up alangside them.

"Whaur wur ye the day?" he akst, smilin.

He had bin smilin gey an affen frae the day that Daniel had arrived.

"We teuked Daniel tae the picturs," said Hughie, richt an breithless. "An Grannie snored lik a pig an iveriebodie laughed, an says Aunt Maisie tae me, wud it no affront ye tae tak Grannie oniewhaur!"

Maisie was relieved that hir ma's hearin wasnae shairp eneuch tae catch Hughie's roon-up o the day.

"Come on up on the saddle an we'll race Grannie Higgins hame," said Leonard, leukin up ower his kep at his mither-in-law wi an air o uncertaintie. Grace delivered a smile that was sweet eneuch tae send Leonard on his way an sour eneuch tae confoun Maisie.

"What's up wi ye, Ma?" said Maisie whan Leonard had wheeled Hughie an Daniel aroon Newington Avenue an oot o earshot.

"Him," was the response.

"Who, Leonard? What's he daen noo? He's onlie gypin aboot wi the weans."

"Aye, he's a gype! Thon's fur sure. Him an aal them ither gypes at the fectory. Maisie, dear, he isnae as green as he's cabbage leukin. Mairk ma wirds, niver trust a man wi a smile on his face!"

"Och fur God's sake, Ma! Did ma da niver smile at ye?"

"Aye, he smiled alricht. An ye'll heed yer ma whan she tells she niver tae trust a man wi a smile."

"Are we aal tae walk aboot wi faces lik Lurgan spades?"

"I didnae say ye cudnae trust a fella laughin, but a wumman peys dear fur the smile on a man's face."

Maisie walkt anent hir ma in silence. The silly oul wumman! She wudnae heed a single thing she said. If she had abided bae hir ma's wairnins, she wud niver hae rid a bike, got intae a motor, taen a trip tae the sea-side — or even gane tae a dance. She had eneuch o hir ma's tidins o despair. She was enjoyin the new Leonard. Hir hame was a happy hame, an whativer price she had tae pey fur a smile an a sang, she wud pey it ten times ower.

"I'm gaun 'ae the bathin boxes themorra wi Sally," said she tae challenge hir ma's sense o what was richt in the warl.

"Ye are no indeed! Ye'll catch pneumonia."

"The doctor said bathin is guid fur yer halth."

"Ye need yer heid leukt at, Missy! Ye hae a wean tae leuk efter."

"Daniel's comin forbye."

"Ower my deid bodie. Ye can risk life an limb bae gittin intae coul watter, but there's no a chance ye'll be takin yin o ma granweans wi ye. Did ye iver hear the liks? Sendin weans oot tae sea in April. God bliss us aal fur there's no a single young yin kens hou tae leuk efter a wean. Niver cast a cloot til the mayflouer is oot. Did ye niver hear tell o thon?"

Maisie listened tae hir ma's sermon tae the end, but there was onlie yin wird that maitered. *Granwean*. It teuk six months.

"Mornin, Mrs Andrews," caalt Maisie in the mock-subservient chorus she had composed tae dispel onie ackwartness atween mistress an servant.

She held the scullery dure half-open wi yin fit an peered throu the uninveetin dairkness. Damp air shrouded a ruim that shud hae bin thrivin wi the scent o wairm wheaten breid. She flicked on the licht, released the blakoot blind an ris the scullery windae.

She knowed Sally's mid-mornin routine weel. Wheaten on a Monday. Soda on a Wednesday. Victoria sponge on a Friday. Whaur was Sally an why had she no stairted her bakin? It had onlie bin a week frae she had bin traispsin roon the Waterloo Road posin as Lily fur the minister. She had leukt weel then.

Mebbe the hoose was in mournin. But news wud hae reached the Waterloo Road if ocht had happened tae Captain Andrews or his wife.

She went intae the kitchen. A blue licht siddelt throu the gap in the curtains. She open't them an released the latch on the windae. Hou onieyin wi sic a gran hoose cud live in the totie ruim at the bak, Maisie wud niver unnerstan. She gleekt oot tae the gairden, whaur the gress was mossie goul in the mornin licht. She cud see hir oul bedruim ower the waal. She cud see Sally's oul hoose ower the waal. An fur the first time in monie's the yeir, she felt sad — the kine o sadness that a wean suffers alane whan naebodie is watchin.

An naebodie was watchin Maisie efter Winifred Ramsey dee'd. Naebodie see'd the tears she gurnt intae hir pillow fur her freen's ma.

Winifred was the onlie ma on the street who played wi the weans, the onlie ma wi'oot a newborn babbie tae tend tae. Maisie minded the lang rope tied up tae the washin line at yin end o the gairden, Winifred standin at tither end, circlin, singin an rhymin. She cud hear the sang in hir heid. *On a mountain, stands a lady, who she is I do not know.*

The air was sweet in the kitchen, an Maisie unnerstood why whan she saw a crystal gless aside an open buik. She lifted the gless an inhaled the sticky residue o port.

The front parlour was dim, the blinds a quarter open, the red, velvet curtains tied bak on brass heuks bae thair tassel cords, allowin the sun tae branch ower the fluir an cast leaves o goul an bronze licht ontae the dairk carpet. Maisie released the blind an teuk a deep breith as the sunlicht fluided the ruim. There was a bracin air tae the space despite the antiquities o Captain Andrews' past; she imaigined it stripped bak tae the bane, its white mouldins naked again burly yellae waals.

She stairtit tae muive a duster aroon the ceilin rose wi its sculpted leas, harps an shamrocks, ower a waal o shelves packed ticht wi buiks, ontae paintins an portraits heuked tae pictur rails, dustin eerie gless bell domes fillt wi fossils, insects an butterflies. She leukt up, away frae the fracas o a life lived an enjoyed the the braid open space, the elegant windaes an haughty ceilins.

Why on earth did Sally no uise the ruim owerleukin the gairden she tended tae day-in day-oot?

Mebbe she was feart o what Captain Andews wud say if she remuived the artefacts o his faither's past.

She minded the wirds o Mrs Andrews at the Larne Musical Festival whan Hughie won the cup fur singin unner hir adjudication. *Jesus bids us shine with a pure clear light, like a little candle burning in the night.* Mrs Andrews, aal daen up in fur lik a cretur in a gless bell dome, had stuid up on the stage in the Victoria Hall an said, "The winner knows how to find joy in sadness an sadness in joy."

Maisie stapt bae the dure o the main bedruim an watched particles o hazy sunshine dance ower the made-up bed. It was an elegant ruim o dairk wuid an white linen that framed the distant turquoise sea. Sally teuk care o it hersel, as she did the bak kitchen an the scullery. Maisie knew weel that hir freen had bin trained tae scrub frae the time she cud crawl, an she kep on exercisin hir hans whaur she cud, leavin Maisie the task o cleanin ruims that wur niver uised.

She finished the upstairs richt an quick an made hir way tae the grun fluir, a dauntin inclination that she shud nae langer be there hastenin hir pace. She walkt tae the bak dure an hesitated, the wairmth o spring sunlicht beckonin hir feet tae the entrance. She stapt in the gairden tae admire Sally's daffodils, thair goulden heids dipped, livin — juist.

Maisie exhaled an walkt oot the dure, castin aff the scent o disinfectant an the dust o a hoose draughty wi fossils o the past, in exile frae the sichts an sounds o modren life. She turnt intae Newington Avenue an drifted aroon each ruim again in hir imaigination, tryin tae see what she had missed in the fragments o dust floatin throu hir mine

She stapt whan she reached the corner o the Waterloo Road. There a wheen o lassies danced in a ring, thair crappit hair choppy in the wind as they threeded the needle an rhymed.

In and out go dusty bluebells
In and out go dusty bluebells
In and out go dusty bluebells
I'll be your master

Tippa rippa rapper on my shoulder
Tippa rippa rapper on my shoulder
Tippa rippa rapper on my shoulder
I'll be your master

Maisie picturd Sally's lang, thick hair meanderin doon hir bak as she tippa rippa rappered on the shouler o the girl in front. An she minded singin an dancin an playin at the corner fur oors on end atween factory bells, schuil bells an dusty bluebells. She recaptured that time fur juist yin minit an prayed.

Yin wean. A plea wi God. A bargain. Yin wean. Hir ain flesh. Hir ain bluid. Hir ain immemorial reflection.

Chapter Four

Sally picturd a wumman in a cabin o mud an stane bae the shore. There wur nae chairs, nae table upon which tae serve tay. She lived aff the rocks, scuttlin ower lempets, dippin hir hans intae rockpools, dryin ribbons o kelp on the low stane waal as tourists in lang skirts watched frae on heich.

Sally leukt up. Yin man sat alane on the ridge o the cliff, watchin. She hung hir beret an coat up on the railin, held the railin o the bathin box an walkt bare-fit doon the slipway. Hir toes gripped the wet algae. Hir een flitted bak tae the oul kelp hut wi its stained green waal an chimley-stak void o smoke. She stepped intae the grey-blue sea, the chill o watter laceratin hir pale feet, its icy embrace sneddin hir breith as she immersed hir bodie an swum taewart a pink horizon o sea an sky. She swum, risin an faalin ower the rawlin September tide, driftin throu the watter, baskin in its dangerous, dusky licht.

An she minded the babbie.

Alfie had pit it doon tae hysteria, a fantasie played oot in his wife's mine. But it was real, an nae amount o sairchin throu medical journals tae find the cause o hir affliction cud convince Sally that she had lost hir mine.

She had lost twa weans within twa yeir. She didnae need the talkin, the hypnosis, the enless analysis. She didnae want tae be an experiment fur Alfiie's bemuised doctor freens. She wanted tae gulder haird at a twelve fit waal an beat oot hir frustrations wi a bruim again a rug. She wanted tae be wild an free lik the wumman o hir ma's bedtime tales, the wumman who lived on the shore. But if she let gae, it wud be a confirmation o hysteria — a validation o the ails that weemen possess.

She swum an immersed hersel in the dream again an she was there in hir kitchen beggin hir husban tae keep the baby.

Then there was Margaret, her mither-in-law, on hir knees scrubbin the fluir in a Christmas pairtie frock, five month syne. Margaret cudnae thole the fossils in the jars ony mair than Sally cud. She had said sae in the midst o screams as hinnie-wairm bluid seeped frae Sally's legs. A saul gifted. A life lost.

It was Margaret who had organized the stay in France. She was suspicious o the medical interventions o Alfie's doctor freens. "No more, Alfie, son. Let nature heal Sally."

Sally swum bakwards again the tide. She emerged frae the watter, hir feet twistin aroon the rocks as she walkt tae the kelp hut. She leukt inside. It was empie. Nae mettle cups strung tae the waal. Nae shawl hingin bae the dure. Mary Beth was gaun. The kelp hut was lang gaun. In its place was a changin hut. Four idle waals tae proteck the dignity o pleasure seekers bathin at the shore.

"Where have ye been? Look at ye! Ye'll catch your death!"

She walkt ower the kitchen an hunkered near the fire.

Alfie pit a woollen blanket aroon hir shoulers. "What are ye doing out at this time of the night?" He stared at his wife. "You're sappled! Why are ye so wet? There's only a light mizzle."

Dreid fillt his broun een.

"I saw the kelp hut," said she, "whaur Mary Beth lived."

"Mary Beth who?"

"Mary Beth Clarke fae the shore." She leukt ower hir husband's shouler tae the hairth as a flame o the present stoked hir mine. What was she sayin? What had she daen? She leukt doon at hir claes an oot the windae.

Alfie walkt tae hir chair an lifted the short gless on the table. It was empie. "This needs to stop." It was a plea.

"But the baby?"

"The baby. I know ye lost a baby. I know ye lost two babies. We lost two babies in two years. But we need to find a way to carry on." He hesitated an stepped bak. "Ye're sappled. Ye've been in the sea. Ye've been bathing."

Alfie was houlin hir shoulers. She cud see the pain in his een. She felt small an tired an wanted tae cowp intae his airms, but she stuid up. She wasnae drunk. She wasnae mad. She wiped away the hair that was clingin tae hir cheek. What was she daein in the water? Why was she thinkin o Mary Beth Clarke?

"I want tae sit a while," said she.

Alfie fixed the blanket aroon hir shoulers an sat anent her, houlin her, starin intae the grate.

"Ye need to see a doctor, Sally."

"*You* are a doctor. I spend ma life wi doctors. I dinnae want anither doctor powkin an howkin at ma mine. I juist feel tired. I must hae slep efter drinkin the port an I got up an went tae the sea lik I did in France wi yer ma. I hinnae lost ma mine. The sea helps me feel alive. I dinnae need a shot o valium. I dinnae need tae see yer freen wi his light hypnosis."

"But the talk o Mary Beth Clarke?"

"Ma ma uised tae talk aboot her. She bought dulse fae her. She spent time wi hir doon at the shore. It must hae bin on ma mine."

"Wur ye thinkin o yer ma?"

"I sit here an leuk oot the windae an I can see her. I can hear hir voice."

"Yer ma's voice?"

"I'm no hearin voices, Alfie. Ye neednae wirry aboot that, but I talk tae her. I talk tae hir in ma heid. It's lik a daydream. I'm no mad if I daydream. I cannae find hir oniewhaur else but here in the kitchen o Dalriada. She aye talkt o Mary Beth."

Alfie leukt at Sally in the way that he had leukt at hir on the promenade, the nicht they wur engaged. He had kissed hir in the middle o the conversation aboot hir ma an toul hir that he wud leuk efter hir tae the day she died. Sally had smiled an they had kept on walkin an talkin. Nae bended knee. Nae response. Juist an intense kiss an a perplexed leuk in his een.

Sally cupped his face in hir hans. Alfie kissed hir fairce. Ilka kiss was a first kiss — she the girl wi the laundry in hir airms, he the rich boy ready tae tak hir in, tae rescue hir lik the maidens wur rescued in buiks he had read in a gigantic attic in a lopsided folly.

An each time he kissed her, Sally wunnered if he wud hae hungered fur her still if his love had bin divid amang the weans he had delivered, unbreithin, wi his ain busy hans.

The pillowcase was still wet in the mornin, the scent o sea lingerin on the bedlinen an in hir hair. She reached ower tae houl him again, but he was gaun. She hadnae heared the telephone. Hadnae dreamt a single thing. Alfie had lifted hir ontae the bed an aal hir incoherent wannerins had bin consumed bae his bodie in a safe an even tide.

A distant grandfaither clock chimed ten times. She had slep mair than twelve oors. She stuid up an walkt tae the end o the bed whaur wet claes an a blanket lay crumpled on the fluir. She held them again hir face an turnt taewart hir ful nakit form in the mirror. Alfie had loved hir intense. He had teuched the face that appeart bronze in the mornin licht. He had teuched the dairk, loose hair that stapt bae the crevice o hir bak. He had teuched hir toilsome, quick beauty.

She covered hersel up an stowed aal the skin away; it had onlie iver served hir weel in Alfie's een.

The bak dure rattled an a voice come frae below. "Guid mornin, Mrs Andrews."

She rin a hairbrush throu hir hair, curled it intae a bun at the nape o hir neck, tempered the wildness o hir flesh wi hir gairdenin dress an an oul cardigan an washed her face. "I'll be there in a minit!" she caalt oot as she set tae wark strippin the bed. She paused an held the sheets close tae hir face, the sweat o passion lik sweetened wine again hir lips. She pullt up the largest windae, gaithered the sheets an scooted doon tae the scullery.

"Mornin, Mrs Gourley," she sang as she skipped past Maisie wi the sheets. She laid them on the mangle an lifted the detergent frae the windae sill.

"Did ye git the cheque?" she caalt.

"Aye, I did git the cheque an I got the letter." Maisie was standin bae the dure. "Ye're a queer yin, Sally Andrews, rinnin aff tae France lik thon! I niver heared tell o oniebodie gaun away wi'oot sayin cheerio!"

"Sairie. I wasnae weel."

Sally poured the bed-claes intae the machine, aware that Maisie was leukin at hir stomach. "The hoose is spotless. Niver mine cleanin an come an hae a wee drap o tay wi an oul freen." Sally had bin in the companie o walthy English folk fur almaist five months. It was a relief tae drap the airs an graces that had come sae neteral tae hir in thair society.

"Whan did ye git bak?"

"Yisterday. We come the Free State road. Lang oul drive. The boat fae Rosscoff was rough! I was still bad last night at eight o'clock."

She paused an thocht bak tae hir sweem an wunnered if she cud divulge ocht o hir day tae Maisie.

"Come roon tae ma ma's hoose an we'll git a drap o broth," bade Maisie. "It'll settle yer stomach."

"I can think o nocht better efter a week o hobnobbin. I'll tak a leuk ower the gairden an then come roon."

Maisie stairtit tae walk away wi hir duster an Ewbank whan Sally caalt hir bak. "Maisie," said she. "Did ye iver hear tell o Mary Beth Clarke? She lived on the rocks."

"Mary Beth Clarke? Och aye!" said Maisie, restin on the settee. "The weans at the corner uised tae talk aboot her. Said she was a mermaid."

Sally smiled. "Tell me this, did she live bae the promenade?"

"Ma cud tell ye better, dear. Did they no say she lived in the wee kelp hut?"

"An did she sell dulse tae the tourists?"

"They say she had the kelp dryin the lenth o the promenade. Afore oor time, mine."

Maisie leukt ackwart perched on the edge o the settee, an Sally wush't she cud sit at ease whan she come tae see her. If she wasnae cleanin, she liked tae gie the impression she was, aye airmed wi some implement whan hir hans wur loose bae hir sides. Mebbe she worried that Alfie wud come throu the dure an catch hir daein nocht — catch them baith bein equals.

"Was there no a yairn aboot the wean forbye?" said Maisie.

"What wean?"

"Mary Beth Clarke's wean. They said she birthed it an wappit it intae the sea whan she saw that it had the tail o a fish."

Sally twitched an Maisie bowed hir heid.

"Sairie, dear," said Maisie. "I wasnae thinkin." She stuid up an stairtit tae move the duster ower the photographs. "What made ye think on her? What made ye think o Mary Beth Clarke?"

"I dinnae know. She come intae ma heed. Niver mine. Let's git some o thon broth frae yer ma. There's nae mair tae clean here."

"I gien the fossils a guid spring clean whan ye wur away."

"Did ye noo?"

"I was temptit tae box them up an pit them in the laft. I was up there yin day. I was sure I heared a wee moose scratchin. Leonard laid a wheen o traps. I hope ye dinnae mine. Daniel was wi us. He was dumfoundit bae the size o thon laft. A quare space fur a wean's imaigination."

"Alfie said he had iverie toy a wean cud wush fur up there, but aal he iver wanted was tae rin bare-fit wi the weans on the Waterloo Road."

"Mrs Andrews wudnae hae bin too happy wi thon!" Maisie raised hir eebroos.

"Mrs Andrews rin aboot bare-fit hersel," said Sally, who was surprised bae what she lairnt o hir mithir-in-law in France. "She teuk hir shoes aff an ran wi tither weans tae the national schuil."

"I cannae imaigine Mrs Andrews wi'oot hir fur!"

"She haes the leuk o yin that was born in them," agreed Sally. "Maisie, let's dae it!"

"Dae what?"

Sally teuk Maisie bae the han an led hir intae the parlour. The rain was lashin ootside, but the ruim was bricht an airy.

"Let's mak this a ruim fur the new Mr an Mrs Andrews. We'll be mairied eeight yeir this December. It's aboot time. What dae ye hink? Bring the weans yince we git wor broth."

"A doot ye cud proteck them there fossils frae ruinous sunrays bae turnin thon laft intae a museum."

Sally assessed the thirteen boxes an rubbed hir hans thegither tae remuive the dust. Six runs up an doon tae the attic each they had daen, the boys managin yin afore gittin distrectit bae the toys. A wuiden rockin horse frae the 1920s was deemed the best ride east o the Appalachians, an the boys sped aff tae The Wild West an left the weemen tae cairy the rest o the captain's belangins up the stairs.

The laft was immense wi large maps mairked oot wi pins, buiks crammed intae oak shelves an oil lamps suspended frae the refters.

"No wunner he ended up a doctor wi aal them there buiks!" exclaimt Maisie.

"It's a wile shame no tae uise them. Tak some fur the weans, will ye?"

"I will no indeed," said Maisie. "Alfie might want tae keep them. We'll no tak a single yin o them."

"Nonsense. Tak this, the pair o ye an stairt readin it." Sally swiped dust frae *Treasure Island* an handed it tae an eager-eyed Daniel.

"Yin each, dae ye hear?" wairned Maisie. "Juist yin buik. Say thank ye tae Mrs Andrews."

The boys rhymed thair gratitude as Sally's hans fell on a box packed wi postcards frae aroon the warl, sorted bae kintrie in alphabetic order.

Hughie sifted throu the catalogue o the captain's global traivels an rested his hans on *I*.

"It's Ireland." Maisie tichered. "Boys a dear, ye cud hae pickt oniewhaur an ye pickt Ireland."

Hughie showed Sally the first card — a postcard o Henry McNeill's tours an an image o an oul jauntin car fillt wi tourists gaun throu the Black Arch.

"It's the promenade!" exclaimt Hughie, houlin a second postcard.

"God's truth, thon wean," said Maisie. "Ye wud think he had juist discovered Paris. Here noo, let me tak a leuk." Maisie held the postcard close. "Sally," said she, "come here an tak a leuk at this. A postcard fae 1914."

"That's thirty-twa yeir ago," said Daniel quait-lik.

"An ye no yit six," said Sally. "What a smairt boy!" Sally cud see a quare difference in the wean since she met him a year ago.

Tae the left o the photograph wur weemen in lang dresses an wide-brimmed hats; tae the richt a young wumman crouched in front o the kelp hut that was still fresh in Sally's mine. She studied the face, but cud see nocht but a vague blur o features imprinted on a wild an solitary expression. She turnt tae the bak o the postcard. Nae lines fur an address. Nae message frae a wannerin traiveller. Juist an inscription in slanted writin. *Mary Beth Clarke, 1914.*

Chapter Five

Leonard wasnae on his side o the bed an Maisie knowed it wi'oot turnin aroon. She got up an gleekt oot the nairae windae. The magpies wur assembled lik semi-quavers on the telegraph lines, thair mantles glossy white, thair feathers sleek an blak.

She stapt bae the dure tae the bak ruim whaur Hughie lay at the tip o the bed — aal swarthy skin an lang lashes again white linen. Daniel slep nearest the dure, his peach face camouflaged bae the pale blanket. Maisie left the dure ajar, knowin weel that the chorus o burdsang wud traivel tae them an stir them frae thair immaculate slummer.

Hughie had niver flitted intae the new parlour hoose. On the third nicht o his relocation twa year ago, he fell fast asleep bae the hairth while his ma sut gabbin. Lily lifted him upstairs wi hir ain hans an said nocht mair aboot the wean gaun hame.

Maisie had growed fond o Lily's companie at nicht fur Leonard was there in neither sang nor sound. A jawb at the new power station had him up ilka day at the scraich o dawn. He retuirnt hame at five o'clock in the efternuin, onlie tae wash, eat an walk strecht oot the dure at six: his new jazz band had signed up fur the hale saison at the Plaza. Maisie had mair than yince wunnered if she shud stalk the loanen efter

59

midnicht tae hunt fur him. Wud she find him wi a saison ticket houler, a Lancashire lass impressed wi his command o the saxophone, or a Glaswegian girl keen fur a birl up the alleys efter a square or twa oul-time dances?

She cudnae see it. She cudnae imaigine Leonard spendin energy daein ocht mair than tinker wi his new motor or play wi his new band.

Hope was what she clung tae as she remuived thochts o hir husband's nocturnal pastimes frae hir mine. She ate some toast an mairmalade an laid oot twa bowls o wairm porridge on the table fur the boys. "Waky waky!" she caalt up the stairs. Bare feet blattered on the fluirboards an watter tinkled on tin afore they appeart at the tap o the stairs.

"Mornin, Aunt Maisie!" they baith o them chimed.

"Mornin Daniel, Mornin Hughie. Wash yer hans! Yer breakfast is on the table."

Maisie stapt bae the fire tae leuk at a photograph frae the 1920s. Jamesina, the tallest o hir siblins, stuid in the middle o five weans. They aal towered ower Jamesina in the end, first Maisie, then Lily an then Ken an Roy, but what Jamesina had lost in heicht, she had gained in gumption.

Maisie grabbed hir handbeg. Why had she no thocht o it? Hir sister may hae practiced moderation in maiters o slander an gossip, but it was a fortuitous consequence o hir trade tae be able tae locate the whauraboots o iverie sinner in toon.

Jamesina was perched ahint the bars o the post office coonter lik a contented cage-burd, broun hair pinned tae the bak o hir heid, helf spectacles sittin on the end o a neb lang eneuch an fine eneuch tae sniff oot the sins o a saint. Hir voice echaed tae the dirl o the bell in a punctual chime. "Mrs Greer, how can I help you?" she said, addressin an oul freen, Betty Greer.

Maisie joined the queue an waited wi bated breith, knowin that Jamesina wud be sure tae strechten oot hir tongue or hir claes or hir life wi some passive insult that wud lea hir seethin fur the rest o the day. Minits dragged, the post office fillt. Bae the time Maisie reached the front o the queue, there was nae way bak. She had tae procure ocht o hir sister's services.

"Good morning, Mrs Gourley," said Jamesina bae way o greetin.

Maisie rawlt hir een. "Guid mornin, Miss Higgins."

"And how can I help you this fine day?"

Maisie tried tae repress a smile an cairy on wi the spectacle that was played oot fur the weemen ahint her. "I'd lik tae post these letters, if ye will."

"Set them on the scales," ordered Jamesina, addin "if ye will" wi a wink. "An how is Mr Gourley this morning?"

"Mr Gourley is warkin haird at the minit, Miss Higgins. I hae hairdly seen him." Maisie lowered hir voice. "What aboot *you*?"

"Me? I'm well, Mrs Gourley." Jamesina kept the sibling game up.

"No, what aboot *you*? Hae *you* seen him?" Maisie spak in a whusper. "He hasnae come hame."

Jamesina gien a leuk o panic, hir professional veneer threatened bae a sister who micht at that minit cause hir some affrontation on account o an errant husband — or worse, an errant vowel.

"They cannae hear ye." Maisie smiled.

Jamesina writ ocht doon on a bit o paper. "Your stamps will be tuppence, and here's the address you were enquiring about for your electricity. Have a good day, Mrs Gourley. Next customer please!"

Maisie clesped the bit o paper in hir han an walkt hame, fair an wechtless. She had nae need fur information aboot lectricity. She had bin daft eneuch tae faal fur a man who talkt throu his fiddle, but she wasnae daft eneuch tae sairch fur hope in the name an address scribed in hir sister's neat handwritin: *Ellen McDowell, Horseshoe Cottage, Glenoe.*

Maisie breeshelt throu the yaird an scullery an intae the kitchen. She knelt on the fluir, pullt oot a box frae unnerneath the sofa an inspected the broun court shoen, hir Sunday shoen bocht in Hamilton's at the end o the war. They wur simple an suede; clean but worn. Hir mine assembled a pictur o what she was aboot tae dae.

Glenoe, uphill aal the way frae the Glynn village. Six mile frae the Waterloo Road.

They had passed Glenoe on an ootin tae Carrickfergus yin day. Leonard was distrectit an anxious, hastin away frae the watterfaal whan Maisie said she she wanted tae stap an sweem.

She examined the contents o the larder. A soda was left frae yisterday. It wud be stale, but she didnae hae time tae didder ower a griddle. She packed it alang wi some cheese an an epple. That wud be eneuch.

A string messages bag wi lang hannles was heuked ower the bak dure. It leukt tatty, but it wud be easy tae cairy an licht on the road hame. She fillt hir thermos flask wi tay an poured some milk intae an oul medicine bottle an pit the liquids in the bottom o the bag, the shoen happed in tissue paper in the middle an the soda on tap. She wechtit it on yin shouler an then tither. It was licht eneuch.

Her trench-coat, at least, was new an mair attrective than the woollen coat she wore in winter. She tied hir scarf aroon hir heid, careful-lik, an paused tae check she had a kaem an compact mirror in hir handbag; there was little point in fixin hir hair intae place wi sky brewin a tantrum.

She cried on the weans an gien them thair instructions. "Ye're tae be guid boys an leuk efter Grannie an Granda Higgins." Hughie nodded an Daniel listened wi care. "Ye're tae stay ootside, away frae the fire. Mine what I toul ye aboot the wee lad that was scaudert wi the kettle?"

"Yes, Aunt Maisie," they baith o them rhymed.

"Hughie, ye're tae tak Daniel tae yer ma's fur luncheon. Tak this tin o spam wi ye an dinnae forgit last week's buiks haetae gae bak tae Mrs Andrews."

She kissed them each the heid, stuid bak an studied the twa sets o een — sae innocent, sae eager fur a simmer's day. They wud hae liked the watterfaal, but there wasnae time tae think aboot that. She needed tae gae afore she lost hir nerve.

The Main Street was packed wi buses an trams heided fur the Shore Road. Tourists mingled unner striped canopies shadin a medley o yellae man, dulse, postcards an linen handkerchiefs in emerald, satin ribbons.

She felt self-conscious aboot hir appearance in the midst o the English weemen in aal thair fur an finerie, but passin throu Point Street, the colours o tourists faded, the streets nairae'd an hir position in the warl maitered less. There wur nae hotels near the dust o Howdens' Coal Merchants. She kep tae the richt o the road, close tae the oul whitewashed cottages that rimmed the stey brae owerleukin the lough.

The moan o a motor truck alerted hir tae shift tae the side o the waal. It trinnled an it treeled, castin dirt frae the asphalt road intae the air. Maisie cocht intae hir handkerchief an turnt hir face away frae the dust. The lough peered throu the trees as the Glynn village come intae view. Hir een climbed tae the summit — tae Glenoe, an she willed the sun tae brissle throu them clouds fur at least anither oor. She needed tae remain dry until she reached hir destination.

The slopin, white cottages o the Glynn mairked a rest stap on the journey. She ate hir piece on a bench bae a chestnut tree in the village green. The schuilhoose wi its bell tower was quait, but weans wur speilin aroon the village, enjoyin the freedom o simmer. Yin hoose stuid tall an lanky amang the laich thatched roofs, its tiles as tellin as the fur on the English tourists in Larne.

An oul wumman dressed in blak sut in front o a thatched cottage on a stuil, watchin ower the village, ancient an tribal-lik. Frae a distance, Maisie cud see that the lines on hir skin wur carved as deep as them on the chestnut tree. She rin hir hans alang the tree bark an nodded taewart the wumman.

"Leuks lik a storm," the oul wumman said. "I wud tak shelter if I wur you, ma dear."

Maisie smiled. Tae stap wud mean tae think. Tae think wud lead hir bak hame. "Thank ye," said she. "I need a guid walk."

Each step up the Glenburn Road was in rhythm wi the thud o hir hairt. What if somebodie saw her? What if somebodie stapt tae gie hir a lift? It was best tae keep hir heid held heich, tae appear purposefuul.

She kept on steady tae the tap. The air was pure, the scent o foliage dense — a contrast tae the smoke-fillt fumes o Waterloo Road. A keek ower hir shouler revealed the hansel o hir climb. The Glynn was hid aneath the lea-rig, an the lough was swallt — iver closer tae the dairk sky. A shaft o sun shane on the red breeks o the new power station; Leonard wud be there, warkin fur the best pey packet he had iver earned. She turnt an walkt on the pad, the sign fur Glenoe indicatin yin mile.

A stane waal beckoned. She wud rest an ready hersel. She balanced the mirror inside the tap o hir hanbeg tae assess the impact o the first five mile. A face ablaw wi colour. Hair claggie. She tipped hir heid forrit an sheuk oot hir curls frae the net that kep them in place. That'll dae, she thocht, temperin the maist savage lock tae the side wi a clesp. She changed hir shoen an walkt.

It was a lang mile, the road sweepin aroon endless yellae fields o hye. Hir een itched. She blinked richt an fuirious tae contain the aggravation as she passed a wuiden sign fur the watterfaal bae Crooked Row.

Afore hir was a raw o cottages, heuked up aroon the village. She smiled as she catcht the shape o anither oul wumman crouched anent hir cottage dure, hir blak dress spreid sae braid it wasnae clear if there was ocht houlin up the effigy o the past at aal.

Maisie's ma aye wore the lang, blak skirts o hir generation, but this cloot was o a different age, a thick blak wool, decorated at the neck wi a lace collar as pristine an white as the cottage. If the wumman wasnae cut frae the same cloot as hir counterpart at the Glynn, hir dress was.

Twa ancient weemen perched on creepies lik magpies. Wur they tae be separate harbingers o sorrae or a collective harbinger o joy?

"Guid mornin," said Maisie, tho it was mair lik midday. The wumman held ontae a stick an nodded. If she cared that Maisie was the onlie stranger in the village, she niver let on. She juist leukt intae the distance wi a face that said she had seen it aal afore.

Maisie walkt aroon the horseshoe bend tae meet a perpendicular incline. There wur nae lectric cables in the village. The tottie cottages wi green shutters conducted life throu the clink o mettle, the scent o simmerin broth an turf smoke swirlin frae chimleys — aal again the percussive echo o watter faalin. There was the sound o weans playin — a glockenspiel o scraichs risin an faalin frae the watterfaal.

It was wairm eneuch tae strip aff. Maisie imaigined hersel immersed unner the cool, thuddin watter. She picturd Leonard standin bae the stanes as he had that spring, distrectit an restless, anxiously awaitin his wife.

The road ris richt an shairp an Maisie's heels pinched hir feet. She had tae be close noo. Hou much heicher cud she climb? A church crooned the tap o the brae, an aneath it, tae the richt, was a detached, white cottage wi a new slate roof. The air was clear, the hye fields at a distance, yit Maisie's breithin was erratic. She left hir picnic bag on a waal an teuk deep breiths afore walkin the wheen o yairds tae the cottage an rappin at the green dure.

A wumman appeart wi chestnut curls as wild as Maisie's. She was smilin, hir lips glossed wi rouge. Hir bodie was lichtsome an lythe. Maisie had expected a younger lass, but ocht aboot Ellen, frae hir slicht build tae hir lang features, was a mirror tae hir ain person.

Maisie clung tae hir handbeg, hir feet clamped thegither, hir bodie erect. She skellied at the horseshoe on the dure. "Would your husband be available?" said she, a serene confidence risin.

"Ma husband?"

"Yes, I would like to talk to your husband."

"I have no husband." Ellen remuived hir han frae hir hip. "Who are you?"

"I'm Mrs Leonard Gourley."

Ellen had yin airm ower hir bodie; tither flichtered richt an apprehensive taewart hir heid, settlin on hir neck. There was a voice an there was a sang, an Maisie wasnae ready fur the voice an the sang. She wasnae ready fur the clear voice, the deep an resonant voice, the singin voice that emerged frae the scullery as audible as the watterfaal dunnerin roon the village. She wasnae prepared fur Leonard's voice singin 'Danny Boy' as he serenaded his lover in the haalway o hir cottage at the tap o a glen.

Maisie was rinnin. She collected the string bag frae the waal as she passed it an went doon intae the village yince again. She didnae stap tae observe who was there, but kep hir heid doon an skipped as quick as hir Sunday court shoen cud cairy her. She stapt at the corner, the line o cottages a white blur tae hir richt. The road aheid was mercilessly open.

She minded what hir ma had said efter hir first visit tae the picturs. *Niver trust a man wi a smile on his face.*

Hou lang had Leonard bin smilin? He had bin tae Glenoe fur a concert that Halleve nicht almaist twa yeir syne, whan Esther had brocht Daniel intae thair hame. Had he bin gallivantin tae Glenoe aal this time?

She follae'd the pitter patter o the watterfaal intae the dairk wuid on the left, whaur the dirt pad was wet an uneven, whaur stanes an rocks wur wedged intae the clabber. She wanted tae change hir shoen, but pride dictated hir swift muivements ontae the slipperie terrain. Weans wur runnin taewart her, scraichin, gulderin, houlin oot thair hans. The rain was faalin haird. The watterfaal roared its tenor sang.

She kicked aff her shoen on a braid, flet, basalt rock, drapped hir bags an hir coat an slipped intae the stream, gulpin as the coul watter skelpit hir legs. Hir mine was aneath the brattlin watterfaal, but hir feet held hir bak as they greppled the brutal stanes in the shallae watter.

She cud hear hir name. She blocked oot the pathetic chirl an steadied hersel wi hir airms oot tae the side. Hir feet foun a pad o shallae shingle, an the watter was up tae hir haunches as she muived closer tae the white froth o the faal.

She cud hear naethin but the sound o the watterfaal. Nae burds chirpin. Nae weans playin. Nae Leonard cryin hir name.

The watter blattered hir heid, wechtie an unyieldin, sendin hir bakwards intae the icy pool. She stuid up swift, stairtled frae the wecht o it, an tried again, raisin hir hans abuin hir heid as an orchestra o strummin caalt hir unner. She muived throu the waatter, grippin hir heid wi hir airms as the watter bruised hir skin wi its peltin, violent rain.

She was floatin in a deep, still pond, an abuin hir an ayont hir was naethin but lush foliage set aneath a deluge o siller shairds faalin. She souked its purity throu ilka pore, bousin in the mist an the sap o the trees, sweemmin throu the muisic o the watterfaal, sinkin ilka thocht, ilka pleadin leuk, ilka sairie tale that had iver gien hir hope.

Hope was a waal o watter thunnerin in front o hir an she was safe, divid frae the warl, sweemmin in circles, sweelin in bliss.

The bliss didnae last. The gomeril was in the watter wadin taewart her, his troosers rawlt up tae the knee. He had a leuk o fear on his face, the kine o fear that Maisie had niver seen in the een o a man. It was a gorby fear that needed tae settle ocht wi haste. She stuid forenent hir husban in the watter an promised hersel that his greed wudnae be answered wi sairie wirds.

She stripped aff her dress on the rocks, mopped up the watter frae hir face wi hir scarf an wrung oot the wet claes richt an purposeful. Leonard stuid stooge-lik on the rock, his braces hoisted ticht ower his shirt. He was at ease whan they had bin danglin bae his side in Ellen's kitchen, his licht breest-hair exposed bae the clean vest that Maisie had scrubbed wi hir ain busy hans.

He wasnae cliver eneuch tae think o ocht tae say. At least there was that. It wud hae bin worse if she had mairied a bodie cliver eneuch tae think o ocht tae say.

She was conscious o hir bodie, exposed an coul, purple smudges o breest prominent throu the wet petticoat. She remuived the petticoat that clung tae hir skin an pullt it ower hir heid.

There they wur, man an wife, alane in a wuid, ahint juttin rocks, Maisie's bodie thrivin an breithless, Leonard leukin up at the sculpture o it, awakened mebbe, seein it fur the first time.

She pit hir coat ower hir shoulers an buttoned it up, leavin hir stockins ahint on the rock, sappled an crumpled — lik a discarded skin. She tied the belt ticht aroon hir waist, rin hir fingers throu hir hair an walkt.

Leonard follae'd her, at first close, an then at a distance fur they wur aboot tae emerge intae the village an it wudnae dae fur him tae be seen wi his wife.

The motor rummelt slow bae hir side. She didnae leuk richt, no yince, but kep hir heid held heich as a guid-gaun wind propelled hir tae the tap o the Glenburn Road. Watter dreebled frae hir sappelt unnerwear, patches o watter jappin her brassière an mac.

She saw the schuil bell first an then the war memorial frae halfway doon the brae. Leonard stayed bae hir side yit, his motor chokin an splutterin amang the trees — lik yin loud, flet voice in a harmonious choir. Wi onie luck, the motor wud conk oot.

She stapt bae the chestnut tree an leukt oot fur the oul wumman, who was in the dureway o hir cottage, as a rainbow efter a storm. Maisie walkt taewart hir an saw hir een glence at Leonard's car.

Yin for sorrae. Twa for joy.

It was sorrae, efter all, sorrae that had soared intae bliss an carved a crevice in Maisie's smile.

The wumman teuched Maisie's han an Maisie tried tae smile as spite an hope battled in hir mine.

The motor was close tae her. "Git in, Maisie," pleaded Leonard. She ignored him an leukt intae the oul wumman's blue een.

"The burds follae the wind throu the storm," said the wumman. She held Maisie's han in a firm, consolin grasp, "but they aye find thair way bak. Come bak whan the storm has passed."

Maisie nodded, turnt frae the wumman an walkt anither half-mile. Hir ankles bled. Hir bodie tremmled. She felt coul. She broke doon, ilka last morsel o strenth quittin hir limbs as wairm tears streamed doon hir face.

Leonard got oot an teuk Maisie bae the han. He opent the dure an rin his richt han throu hir hair an pit it on hir shouler.

He driv in silence. He driv amidst a birl o colour, fur coats, motor cars, horses an traps. He driv throu the nairae dirt pads caked in clabber an braid streets gleamin wi the blue tint o tairmacadam.

Maisie closed hir een as they passed Browne's Irish Linen Factory, wi its machines an its shuttles an its looms heavin bak an forth, its yairn yankin up an doon, its threeds an lint an stoor floatin throu hir memrie tae the tuin o loud, pulsatin drones.

She was relieved tae be hame. She stapt bae the mirror in the kitchen an muived hir han ower aal the lines on hir face that wurnae yit there but had claimed thair bark. Leonard was ahint hir, an she was too tiresome tae argue wi him. She spak tae his reflection in the mirror. "I niver want tae hear ye sing again."

Chapter Six

Sally was drawed tae the fire, tae the orange flames, tae the
benevolent wairmth conversin frae the static grate o McNeill's
Hotel. It was the same ruim in which she had yince toul Maisie
hir guid news. All Saints Day. Twa an a half yeir ago.

Rinnin hir han ower the seat she had occupied as twa sauls,
she surrendered yince again tae visions o a baby swaddled in
cream, o draplets faalin frae a minister's fingers ontae a downy
heid, o lang plaits swishin ower a grey schuil pinafore, o gutties
tip-toein at the corner o the Waterloo Road — niver endin
visions that circled hir mine lik a skippin rope beatin in tuin
tae an oul rhyme.

> *On a mountain stands a lady,*
> *Who she is I do not know.*
> *All she wants is gold and silver,*
> *All she wants is a fine young man.*
> *Lady, lady, turn around,*
> *Lady, lady, touch the ground,*
> *Lady, lady, show your shoe,*
> *Lady, lady, run right through.*

Sally sung the wirds aloud an immersed hersel in a dreamscape she knowed weel. The abandoned baby. The lady she didnae know.

Muivement flickered in the mirror abuin the fireplace. She turnt, helf-expectin a doctor tae be there tae sedate the wife wi the broken mine. Twa men stuid ahint her: a concierge hoverin; a weel-dressed gentlemen watchin, then turnin away. She had bin caucht singin tae hersel in a hotel lobby. She strechtened up an reached oot hir han tae the adjudicator as the concierge walkt away.

"Mrs Sally Andrews," said she, assessin the heich cheekbanes an direct, blue een. "I dinnae affen talk tae the furniture."

"Jeffrey O'Reilly," he replied, shakin Sally's han. "At least ye weren't talking tae the dead."

She blushed an forced a smile.

"Thanks fur comin tae greet me," said he. "There was no need, of course, for I know Larne well enough by now."

"Mrs Tweed wudnae hae it onie ither way. Besides, it gits me oot o the haal an intae the fresh air. We hae bin settin up fae seven."

The pavement was busy — a democracy o siller metal frames hoistin blak, nylon umbrellas. The heavier an mair wechtie glints o the past wur missin frae the scene, an Sally had niver quite adjusted tae thair absence. Ilka ornate balcony, lamppost, gate an fence had bin stripped away fur the war.

Sally pit up hir umbrella an crossed the road. She stapt an waited as Jeffrey leukt bak at the hotel. A raw o motor coaches blocked the view o the central portico, but the balcony emerged on the second fluir, square an resplendent. Abuin it, a large, lectric sign speelt up the centre — lik an escaped intruder clespin a thick, blak cable fur support an reachin up taewart a Union fleg that was puckered in wet folds. While

Dalriada ris up relentless an oot o sync wi the sky, McNeill's Hotel was safe in its symmetry, emergin fair an serene frae the lough ahint it.

"Ma da uised tae play at the hotel saloon wi his ban in simmer saison," said Sally, pointin tae the bar on the left.

"What did he play?"

"He cud mak a muisical instrument frae a broun paper bag. I mine him playin the banjo an the fluit fur the tourists."

"A man after my mother's heart. She teaches music."

"Da pickt it up at the kitchen dances an in the pubs. I uised tae gae wi him an sit ootside on the benches an listen."

She checked his face again. "Hae I met ye afore?"

"I was going tae say the same thing. Ye have a familiar face."

"Are ye related tae Mr Peter O'Reilly?" she akst as they stairtit tae walk alang the Main Street.

"Peter is my father."

"I knew him whan I was a lassie. He taught a dance cless doon at the Gardenmore Hall. It must hae bin twinty yeir agae noo."

"I came with him from time tae time. I met ye then perhaps. Dae ye still dance?"

"No. The legs wur too lang an the airms wudnae settle." Sally demonstrated bae placin hir hans akimbo, streetchin oot hir umbrella an skippin ower a puddle bae the dure o Alexander's store. "Ma ma taught me tae dance in the kintrie way."

"Tut tut. We can't have that at all, Mrs Andrews." Jeffrey was quare an swift tae place the umbrella bak ower Sally's heid. "Straight arms, relaxed bae the side, ma father always said."

"My dancin ambitions wur limited tae gittin a day aff schuil fur the Larne Musical Festival," said Sally. "Verse speaking, singing, the recorder, Irish folk dancing an the fluit. Five days guaranteed."

The promise o the senior dancers had brocht crouds tae the dure o the Gardenmore Hall, an throngs o sappelt spectators assembled in a queue that stairtit on the steps o an heuked a hunner odd yairds up tae Thorndale Avenue.

Women, breithless in conversation, occupied raws upon raws o wuiden chairs inside, as stale smoke permeated an atmosphere dense wi perfume, settin lotion an damp claes. Men stuid alang the bak an sides, cochin, splutterin an mummlin in the thickenin din.

The first wheen o raws had bin cordoned aff as a fire escape — or tae keep the rabble away frae the dignitaries in thair furs an three-piece suits, no least Alfie's parents, Captain Andrews an Mrs Andrews, who wur in the front raw.

Sally was in the perfect location tae survey the multitude o wet keps an demi-waves. She held up hir wuiden placard an waited fur three hunner folk tae ignore the wirds, *Silence in the hall.*

Mr O'Reilly teuk his place the centre o the ruim, ris on a platform lik a god, a secretary frae the festival committee bae his side. Tae the fore o the stage was a braid banner wi *Larne Musical Festival* writ in an archaic font. Aneath it an array o siller cups glistered on a table claithed in green velvet. The first group o solo dancers lined up on the stage, thair skirts voluminous on skinny frames, an amang the deep reds, rich purples, emerald greens an navy blues was the odd drab-leukin shade o airmy green. The musicians stairtit tae play, heraldin a shift in atmosphere as the audience become a patchwork quilt o colour, feet tappin an hans clappin.

Sally's een wur drawed tae the far side o the ruim as the dancers commenced thair steps. The captain was ris aff his feet an was makin his way past the cordon an throu the thrang. Sally's een roved bak tae Margaret, whose heid was bowed.

Mr O'Reilly's bell brocht the dancin tae a stap, an the attention o the hale ruim turnt tae a carfuffle at the bak o the haal.

"She was too good for a soldier," a voice emerged.

Mr O'Reilly's bell rang yince again, a cue fur the dancers tae bow an walk doon the steps. They remained unmuivin on the stage.

Sally's een flicked tae the bak o the haal. An oul bodie wi erratic, woolly hair had sprauchled up the first wheen o frames o the gym bars. He held alaft a newspaper.

"She was my mermaid!" he cried, afore twa burly men in keps remuived him.

Sally crossed the lang queue fur the night tay. Bae the leuks o it, the festival wud be gaun on tae the wee heurs. She made hir way intae the scullery, whaur the steam risin frae whuspers competed wi that o the giant kettle.

"He was lang thought deid," come the voice o yin wumman. "But they say he's been in Belfast six month."

"I mine seein him in North Street Station yin time. Must o been thirty year ago. He teuk a quare a dunt frae thon soldier in the newspaper."

"Him that gien his wife the dunt forbye?"

"Aye, him. Did ye see the newspaper? I cannae get over what the wife did. She must hae been sair aboot mair than a dunt."

"Mrs Andrews!" It was young Hughie. He was at the dure an he was alane.

Sally walkt taewart him. "What is it Hughie? I didnae know ye wur comin. Is Maisie here?"

Hughie teuk hir bae the han an led hir ootside. "It's Aunt Maisie. Come quick! We need Dr Andrews."

"Whaur is she? An what's happened?"

"It's the babbie, I hink." said Hughie, fear flashin in his dairk een.

"What babbie?" Sally had bin preoccupied wi the festival, ocht tae tak hir mine aff the recent heidaches, but she hadnae missed a roonded tummy, surely.

"Hae ye got the motor?" akst Hughie, his cheeks beamin red.

"No, I hinnae. Is Maisie sick?"

"She had a sore bak. I heared hir say tae Uncle Leonard that there was a babbie. I'm no meant tae know."

Oh God, thocht Sally. Maisie had bin daein a spring clean at Dalriada. She had bin climbin up ladders, cleanin windaes an dustin spider wabs in the cornicin.

"Why did she no tell me?"

"It's no yer fault, Mrs Andrews. We aal o us need tae earn wor keep."

Sally cudnae help but smile in the face o the echt yeir-oul's wisdom.

Jamesina grebbed Hughie bae the hood o his coat. "Whaur in God's name did ye git to?"

"He was wi me," said Sally.

Jamesina had terror in hir een an a newspaper in hir han. She flung the newspaper taewart the fire. "The boy gien us a terrible fright, Sally. Oot at this time o the night. He's lucky no tae feel the bak o ma han."

"Whaur's Maisie?" said Sally, unsettled bae Jamesina's violent een.

She saffened an breithed deeply. "Maisie is rightly, m'dear. There was some bluid, but she's rightly."

"Hou far on is she?"

"Four months an she was cuttin bak hedges an aal sorts."

Jamesina rin a towel ower Hughie's heid. "Git oot o them there wet claes, son, an git yerself intae bed. Up ye go. An quait noo fur wee Daniel's asleep."

Hughie kissed Jamesina on the cheek. "Night night, Aunt Jamesina. Sairie fur fearin ye. I thought Doctor Andrews might help Aunt Maisie."

"I know ye did, son. Noo, there's a guid boy. Say 'night night' tae Mrs Andrews."

Hughie walkt taewart Sally wi een sae dairk an deep she cud hae delved intae them. "Night night, Mrs Andrews. I'm hairt-sair an sairie fur makin ye miss the festival."

"No tae wirry, wee son." Sally kissed him on the heid.

Hughie walkt oot o the ruim, his shoulers sloped lik a raw o oul cottages. "The puir wee cretur," said Sally, turnin tae Jamesina. "I'm sairie aboot Maisie an the spring clean. I didnae know. She didnae tell me."

"Weel, it's nae saicret noo, m'dear, fur Leonard haes half the Waterloo Road toul. Rinnin aboot lik a peacock, he is. Hmmf."

Jamesina teuk a deep breith an leukt intae the fire. "I'll tell ye the honest God's truth, Sally, fur ye're yin o wor ain, thon man is yin guid-for-naethin blirt. If I cud git ma hans on him fur aal he's daen, I'd tak him plume bae plume an fry him fur I believe in the Word o the Lord an I fear the iniquity o the father shall be visited upon his children."

Sally was dumfoondert, as much bae the lossenin o Jamesina's tongue as the attack on Leonard. What sins had

78

Leonard committed? He was an saft sort. No a useless cretur as far as Sally cud tell.

"All things become new," said Sally. Her response was lost amang the crackles frae the low fire.

The silence that follae'd was naitural, an Sally was wairmed bae the fire an comforted bae the companie o Jamesina — the Jamesina o hir childhood, the ouler sister who teuk care o the weans in the street. It wudnae last. They wud retuirn tae the grown up roles they had bin assigned. Jamesina, the post mistress. Sally, the doctor's wife. Maisie, the maid.

They baith o them stared at the fire as large, boul letters frae the newspaper swirled intae blak flames. HE WAS CRUEL. Was it the same newspaper they'd talked aboot at the festival?

Sally thocht aboot what she wud be daein at hame at that minit, wi Alfie oot daein the roonds. There wud be a buik bae hir side. A gless o ocht at hir lips.

Jamesina was the first tae break the silence an she did sae bae way o a deep breith. "I suppose I had better be gaun hame noo masel," said she. "I'll walk ye roon the corner."

"Ye'll dae nae sich thing," replied Sally. "I can walk bae masel."

"Ye need tae watch on a Saturday night, dear. There's a rough lot aboot at this time comin frae the Pavillion."

"Dinnae wirry." Sally lauched. "I'll be alright."

"Ye need tae tak tent."

"Aroon here? Sure it's as safe as it's hame."

The silence lingered on until Jamesina's voice emerged frae the fissle o fire.

"It happened tae me." She glanced at the burnin newspaper as if it was responsible fur her sorrae.

Jamesina wasnae yin tae talk o personal maiters. Sally averted hir face an concentrated on the blak flames o the newspaper as the wird 'drunk' burned.

"I was sixteen an I was guid," she went on, hir violent een flashin taewart Sally. "Dae ye unnerstan me?"

"Aye," croaked Sally wi uncertaintie. Jamesina was unpredictable an she knowed that the intimacie atween them cud be wheeched away bae the same han that had gripped Hughie's hood.

"Rain, hail nor shine, I niver missed a trip tae Ballymena on a Sunday. Monie's the time I had tae walk the twinty miles hame."

Sally knew Jamesina's routine weel an had gane tae Ballymena a wheen o times in the companie o the Higgins weans tae see the wee lass reared bae Jamesina's materal aunt. The wean was caalt Grace, an Sally affen wunnered if Grace Higgins had insisted upon the name as part o the bargain that was struck — a way o makin a claim on hir first grandauchter.

"Is Grace no doon fur the senior championships the night?" akst Sally.

"She's too oul tae be dancin noo. She's a grown wumman wi a jawb."

"She must be twenty-two. I mine hir fifth birthday pairtie whan she danced hir reel fur us."

Jamesina leukt at Sally wi a face sae passive that Sally was sure she was gaun tae gurn.

"I niver cud figure oot if the divil was in the man or the divil was in the drink," said Jamesina. "I cud study his face the day an still no know."

Did she mean the face o the man that had wranged her?

"Aye, him," concurred Jamesina, agreein wi the thochts in Sally's heid.

"The man," said Sally. "He's here?"

"O coorse, he's here, dear. Whaur dae ye think he is? Dae ye think he felt shame enough tae lea the kintrie? Naw, he mairied an had a wean at the time that Grace was born. God bless hir an keep hir fur I'm sure she akst fur it nae mair than I."

"What are ye sayin, Jamesina?"

"I niver tellt his name." She stared intae the fire. "I aye said I wud tak it wi me til the grave, an God onlie knows why I'm tellin ye this noo. It was a dairk night on Pauper's Loanen an I was afeart. I was juist a lass walkin hame frae a message, an he was a grown man an drunk. I've niver seen somebodie sae bluitered. An Sally dear, let me tell ye, he was a hansome man. God forgie me, but I leukt at him an I smiled at him, an fur monie's the yeir, I believed that I had daen wrang fur smilin at him. No noo. I'm no ashamed noo."

Sally was perturbed bae the pain in Jamesina's een.

"I was fortunate enough, Sally. Tak nae peety on me. The tears tripped doon ma da's face whan I toul him that the figure had set upon me lik a craw. Ma da pit his han on mine an said that I was niver tae want fur a penny, that the babbie was niver tae want fur love. He paid fur it aal. The elocution lessons. The typin lessons. He teuk me on a train tae Belfast tae dae the post office exams an he teuk me on a train tae Ballymena tae ma aunt Isobel's hame whan I stairtit tae show. Anither lass was tae lairn that a man is tae own his wife. An I can tell ye, Sally, I niver wanted tae be owned bae onie man."

"Lord Almighty," said Sally, no able tae contain hir reaction.

"I pray fur her iverie day o ma life. I pray fur him an the drink that controls him. I pray fur iverie young lass oot at night amang the divil an the drink."

Chapter Seven

"Quat them burds yappin," hollered Grace Higgins as she stomped taewart the windae.

"No, houl on," protested Maisie, "I lik the breeze."

Her ma tilted hir heid taewart the midwife. "She isnae thinkin straight, Mrs Ross. Ye cannae open the windae, fur half the street'll hear ye whan ye stairt tae sing. An believe me, dear, ye'll be singin soon eneuch!"

"Mrs Higgins," said Mrs Ross. "I dinnae want tae cause ye onie injury, but I'm here noo to tak care o Maisie an it wud be powerful guid if ye cud git yersel alang tae the scullery fur a drap o ginger ale fur yer dauchter."

Maisie watched as hir ma puffed hir cheeks afore finally lowerin hir heid an muivin taewart the dure.

She turnt, claucht the dure hannle an leukt bak at Maisie. "Ye're in safe hans," said she, "fur I've knowed Mrs Ross aal ma puff an she's delivered iverie wean safe on the Waterloo Road."

Grace left the ruim as anither pain cramped Maisie's abdomen. She doubled ower ontae hir side an yelped richt an sair. She had bin careful frae the time o first fricht last March. She needed tae deliver this babbie safe. Anither plea wi God. Anither bargain.

"They'll be closer thegither noo," said Mrs Ross as she immersed hir hans intae the wairm watter.

Maisie watched hir wark quare an mechanical, makin a narrative that mismatched the turn o hir hans. "Ye'll be needin tae git intae yer nichtgoun," said she in a tuinful way as she assisted Maisie wi the remuival o hir drawers. "I hear wee Daniel's lairnin the pipes," said she, as she foun the space atween Maisie's legs.

It was lik seein a talkie fur the first time, the lips no quite alignin tae the script. Maisie tried tae respond, but hir wirds broke up an teetered in mid-air.

Mrs Ross poked, richt an diligent, an Maisie clenched ilka muscle in hir bodie, hir mine tunin intae the whussle o the burds.

The burds. She minded leukin at them a yeir agae, aal heuked up lik a muisic score. She shuddered at the thochts o the walk tae Glenoe. Aal the coulness. Aal the sadness. An noo this, hir painful reward.

The midwife was already scrubbin hir hans. "Ye're no ready yit, dear," said she. "See if ye can git a wee bit o rest. Turn til yer side an tak anither keek at them there burds thonner."

Maisie did as she was bade an settled intae a pattren o pain an relief tae dairkness stairtit tae pervade hir thochts. In the throes o pain, deith was mair temptin than the wechtie burden o life. The pain wud subside an she wud become aware o tither hairtbeat an tither saul, an she wud pray haird tae live lang eneuch tae deliver hir babbie intae the warl.

Oors tiptoed bae afore the gushin, wairm watter freed itself frae hir bodie. A loud whimper ripped frae hir mooth in jagged disharmony an she become infant-lik again, revertin tae indulgent tears an unrelentin fears.

"It's time tae push, Missy. A deep breith noo. Let it oot."

83

Maisie lut oot a strengled whimper, an knew frae the smile creepin ower the midwife's lips that a mair fortified effort was required.

"Push throu the pain!" hollered Mrs Ross.

Maisie tried tae dae as she was bade, but she was tiresome an needed tae retreat frae the warl. She needed tae sleep. "I cannae dae this oniemair," said she, gey an faint, lyin bak.

"Naen o thon nonsense noo, d'ye hear?" said Mrs Ross, who was lik a threshin machine in toil. "There's the heid," said she afore liftin Maisie's feet ontae hir shoulers an placin hir heels neat intae the space aneath hir collarbane, lik Leonard wi his fiddle.

"Deep breiths noo, Missy. Deep breiths!"

Maisie sucked frantic, but lost momentum. She was foundered. "I dinnae want…" she stairtit

"Deep breiths noo, dae'ye hear me! In an oot. Atta girl. In an oot noo. That's it."

She follae'd the pattren o Mrs Ross's breith, in an oot throu the cursed pain as a guttural sound emerged that was foreign tae hir ain ears.

"Push fae the bak!"

Maisie didnae know hir front frae hir bak or hir left frae hir richt. She was lost in tears an sweat an pantin, aware that Mrs Ross's instructions had stairtit tae synchronise wi hir actions, unable tae break doon what she was sayin.

"Let oot what ye're houlin in," said Mrs Ross. "Heth! Let it oot lass! Come on noo."

What the hell did she mean? Let what oot? Let the baby oot? The baby frae the bak? Was the baby comin frae the bak? Maisie broke doon intae a sairie, weepin howl.

"Great sweet mercy," come Mrs Ross's voice. "It'll no keep til mornin. Push fae the bak!"

Maisie pushed an puffed an heaved an choked, but there was naethin. It wasnae warkin. There was nae babbie comin an she needed tae sleep.

"The heid's doon, dear. Ye"ll haetae keep pushin."

"I am bluidie-weel pushin," yelled Maisie, an she felt no a thing whan Mrs Ross skelpit hir thigh lik the flank o a horse.

"That a way!" Mrs Ross's voice echaed, a smile bringin hir peach cheeks tae life as Maisie ris intae growlin teeth an claws in white linen.

"I cannae dae this oniemair," she guldered, an then lay bak an admitted hersel tae the airms o Jesus. "Come an tak me," said she in a whimper. "I cannae gae on."

Al was quait. Maisie was driftin. Tae the watterfaal. Surroonded bae scented, green foliage. Floatin in bliss.

"Yer nae deid yit, dear," come the gruff voice o Mrs Ross. "Noo pul yersel thegither fur there's a bonnie wee bairn stuck in a ticht tube atween them thighs o yers an it's no fur gaun bak up."

Maisie tried tae leuk away, tae pey nae attention, tae find that restful, blissful place again, but it was gane an she was awakened bae an almichty clap. Resurrected ontae hir elbaes, she let gae o the covers, scraiched a cacophonous wail, an pushed. She had foun the bak an the babbie's heid tore throu hir skin, scorchin an scaldin — mettle nails clawin throu Browne's Irish linen.

A lump sliddered frae hir bodie an Maisie lay bak an closed hir een. "I cannae dae this oniemair," she muttered.

She keeked up at the windae, whaur the burds had bin heuked tae thair stave. Mrs Ross was there, a treble clef houlin a mass o skin, mucus an bluid. "A bonnie lassie, Mrs Gourley."

Maisie smiled, hir eelids closin an openin in the dim licht. She jolted hersel tae attention as a saft cry emitted throu the air. The baby was laid upon hir chest, an she leukt doon an saw the saft edge o a nieve, a hairy heid, twa slits o een an a roonded neb.

She had a baby. She had gien birth tae a baby an she had felt the painful han o joy. "Thank ye, God," she whuspert as a draught wafted ower hir bodie. She was nakit. She was nakit in front o Mrs Ross frae Factory Row. Whaur had hir nichtgoun gane?

Mrs Ross must hae read hir thochts fur she retuirnt frae the settle wi a thick, saft blanket, which she laid ower Maisie an the wean. "Ye'll need tae tak a sip o this afore ye stairt pushin again, said Mrs Ross, houlin a gless o watter. "There's a bit mair wark tae be daen."

Maisie nodded an minded what hir ma had said aboot the picturs. Twa shorts an a lang feature wi a happy endin.

Mrs Ross lifted the babbie's heid ontae Maisie's nakit breest an Maisie watched it clasp its lips aroon a lang, blakened nipple. She tichered at the thochts o hersel, laid oot on the bed lik a nakit, dairy coo, an wunnered if she wud iver be able tae leuk Mrs Ross in the ee at the corner shap again.

The lauchter didnae last, fur Mrs Ross had hir pushin yince again an she unnerstood that she cudnae depend on the midwife tae deliver hir tae that place o infancy, tae cairy hir as afore. She was a mither. She was feedin a wean an she cud onlie greet on the inside as the pain o the efterbirth slipped away wi easy, bleesterin pain.

"Ye hae a wean noo. As this what ye wanted?" akst Maisie, hir een avertin Leonard's. "Will it mak ye happy?"

It was a cruel note hir mooth played wi'oot hir mind's licence, but Maisie had kep hir thochts tae hersel fae the day o the walk tae Glenoe. She had accepted Leonard, an lairnt tae love a new version o him. A yeir had passed fae she had foun him at Horseshoe Cottage, an she had growed accustomed tae a new rootine an a husban who was absent in a mair useful way. He had taen tae the gairden — sowin an reapin an savin Maisie at least yin chore. An he had taen tae bein a faither tae twa boys who wurnae his ain.

There was nae mair gallivantin at nicht, nae mair skiftin throu the sheddaes o life wi'oot wirds. He played in the ban, an then come hame an communicated a new kine o love — sowin an reapin, sae it seemed tae Maisie, as she listened tae hir wean's snafflin sounds.

They spak nether aboot Ellen nor Horeshoe Cottage. Thair bodies had lairnt tae communicate whaur wirds had failed them.

Leonard lifted Maisie's chin. "Ye hae aye bin a ma," said he.

Maisie stroked the babbie's bak tae avoid his gaze. "Is this why ye did it?"

He pit his han on Maisie's. "Naw," said he. "It was the way things wur, dear, an I'm brave an sairie fur what I daen."

Leonard pettled his dauchter fair an saft, pit hir intae the wuiden cot, an climbed intae bed. He kissed Maisie on the foreheid an spak in nervous tones, "I wasnae guid enough tae mairy a lass lik you, Maisie. An that's the truth o the maiter."

"Thon's daft talk," said Maisie. "We wur aal reared the same."

"Naw, Maisie. I had a hairtless cretur fur a da, a far cry frae Kenneth Higgins. We wurnae ris the same fur ye wur reared wi the blue bluid o a prince runnin throu yer veins."

Leonard lay on his bak an leukt up tae the ceilin. "Ye wur meant tae be on tither side o thon waal alang wi Sally."

"Nonsense," said Maisie, sittin up on hir elbae tae leuk at him. "What in the name o guidness wud mak ye say sich a thing?"

"I watched ye comin hame frae the fectory wi yer een sweeled up frae lint an I heared ye wheezin, an I was sick, sair an sairie fur ye, Maisie. Ma ain ma niver had tae wark in a fectory. Ma da niver gien hir much, but he gien hir that."

"He gien hir a blak ee or two forbye," said Maisie. "I'd sooner want fur butter than accept the han o a man lik yer da."

"An ye did want fur it. Ye saved aal the bacon an eggs fur me, an I felt shame that I cudnae gie the wumman I mairied what she needed."

"Frae the time o the first war tae the last, I onlie iver knowed rations," said Maisie, leadin Leonard away frae the whys an whaurfores o what he had daen. "I mine ma da bringin hame a great shank o lamb fur the broth, but nane o us weans cud stomach the hoag. Ma da teuk iverie bowl an poured it intae his ain, an ma ma did a great rair aboot the ungrateful weans she had brought intae the warl. We wur sent tae bed wi naethin, an we wur gled fur wor stomachs wur onlie hungry fur breid."

Leonard teuk Maisie's hans.

"Ye changed the day they sent ye hame frae the doctor," said Maisie.

She thocht bak tae that time, whan she was still warkin at the fectory an wheezin an cochin throu the nicht, whan Leonard had failed his medical fur the airmie. That's whan he changed.

"Ma da aye said I'd come tae naethin," said he.

"Ye didnae walk throu French watters wi a gun ower yer heid, but ye gien monies a Yankee soldier in the Legion a tuin tae tak on his way."

"I didnae lay doon ma life lik Tam. He had courage, Tam."

"Naw, he juist got tae spend what he had. A hale airmie o brave sinners got tae spent what courage they had.

Niver in aal hir yeirs had Maisie dreamt o ownin ocht as luxurious as a navy Silver Cross perambulator. Hir ma, who was makin hir way up the road taewart nummer thirty-three, wud hae ocht tae say aboot it fur a certes.

"Weel *I* niver!" she said. "God bliss us an keep us fur thon is the maist hansome perambulator I iver did see!"

Maisie lauched an stuid bak an watched hir ma move aroon the perambulator wi hir hans on hir hainches, peyin nae attention tae the baby on Maisie's shouler.

"If Winifred Ramsey cud see us the day!" exclaimed Grace. "Thon puir cretur wheeled Sally aroon the fectory in an oul wuiden cairt!"

Maisie set the baby upon the white satin blanket an read the note aloud tae hir ma.

Dear Maisie,

Sorry I can't be there to see the baby. I'm at the hospital getting my head examined. Maybe they'll find the pea I stuck in my lug when I was wee. I wish you and the baby well. I've asked Alfie to pick you something nice. Apologies if it's not what you needed. I'm knitting her a wee cardigan too. Please hurry and pick a name!

Yours,
Sally

"No what ye needed, indeed! Tell them there doctors that Grace Higgins knows what's wrang wi Mrs Andrews' heid. Too much bathin in coul watter. That's what!"

"Och Ma, ye're lik a broken record! What wud keep hir four nights? She hasnae seen the wean yit. Why wud they need tae tak hir tae Belfast?"

"Naethin but the best fur the doctor's wife, Maisie. Dinnae concern yersel fur Sally's a strang lass. She'll be alricht."

Maisie follae'd hir ma's clear blue een alang the raw o terrace hooses doon tae nummer seventeen.

She leukt at the note. She had tellt Sally she needed hir heid examined on monie the occasion, aye on account o an ower-generous gift lik the yin that was spairklin in the August sun.

"She aye brings up the yairn aboot the pea in the ear," said Maisie. "We wur pickin peas frae the pod whan Winifred catcht us stickin them intae wor ears. Some days I can still hear Winifred's wirds rawlin doon the baks o the Waterloo Road. It's a quare tragedy that she was taken sae young."

"Deith is niver tragic," said Grace, richt an flet, as if she had bin deid an born again hersel eneuch times tae know it fur a fact.

"Was it no tragic fur Sally tae loss hir ma?"

"Deith brings peace an peace brings joy," asserted Grace, turnin tae leuk up the street taewart the parlour hooses. "Here's oor Lily comin. Oh, the een'll be green wi envy."

"Mornin, Missy-No-Name!" said Lilly, liftin the wean intae hir airms. "What kine o ma daesnae gie hir wean a name?"

"I tellt ye, I'm waitin til it comes tae me — lik inspiration."

"Yer heid's a marley. Ye hae bin spendin too much time wi the doctor's wife! *My* weans wur aal named wi'in the oor. Iris, Rose an young Lily. Pickt lik flouers in bluim."

"An what aboot Hughie, thonner?" said Maisie, pointin tae Lily's thurd wean.

"He was Petunia fur a day, but we thocht better o it an named him efter a Scotsman Rab met on the boat.

"I can hear iverie wird ye're sayin, Ma!" hollered Hughie frae the front yaird.

"Who's thon comin up the road?" akst Lily, who hadnae sae much as keekt at the gigantic perambulator.

"God bliss us an save us if it isnae a ghaist," said Grace.

Maisie studied the figure, an oul tramp bae the leuk o things — ragged, yit hansome in the even symmetrie o his lang face.

"He leuks lik he's doon an oot," whuspert Grace.

"Good morning," said the man, remuivin his kep, gentle-lik, tae address Lily. "A bonnie babbie, you have there."

"Och she isnae mine. But if hir ma daesnae mine, I'm gaun tae tak hir fur a wee scoot up the Waterloo Road in this fine perambulator. Is that alright, Maisie?"

"Aye, dear," said Maisie. "Tak the weans forbye. She's due a feed, sae dinnae be lang."

She waved Lily an the weans aff an turnt tae see that hir ma's een wur fixed on the man. Maisie tried haird no tae stare, but noted a goulen poaket watch an chain that clashed wi his scuffie attire.

"Martin Andrews, fair faal ye," said Grace.

"I'm sairie, my memory fails me, Mrs—?"

"Grace Higgins. McKay til ma ain name. Mine? Frae Drumalis. I warked there juist afore I mairried. I met ye whan ye come an went bae the Smileys. Honest God's truth, I thocht ye'd passed."

He lauched. "No, Mrs Higgins. I'm still standing. If I'd stuck with the temperance lodge, I might well be standing straight."

"Terrible affliction, the drink. Are ye bidin wi the captain?"

"No, I'm afraid my brother an I haven't seen much of each other these thirty odd years, Mrs Higgins."

"I'm sairie tae hear that," said Grace. An Maisie watched on bemused bae hir ma's glow an the gentleman's voice whustlin frae the birsie face. Sally had niver mentioned the captain's brither.

"The price of youth, Mrs Higgins. This young woman would never believe what a dashing character I cut back then."

"Och och a nee. If ye dinnae mine me sayin, I mine ye weel fur ye wur the greatest dancer," said Grace, a smile streamin frae hir pale face.

Maisie gauped at hir ma in disbelief.

"I maybe stayed out a little too late dancing on occasion," said Martin. "But you're a young lass yourself, Mrs Higgins. You wouldn't mind an old fella like me."

"Oh I mine ye alricht, an ye're still in yer prime, Mr Andrews, fur we're baith the same age. I mine ye at the Smiley's servant's ball whan I was a maid. A fine waltzer, ye wur."

"These boney legs of mine footed it to one too many waltzes, I should think." He hesitated an bowed his head an spak in a low voice. "Mrs Higgins, do you mind Mary Beth Clarke?"

"I warked unner Mary Beth Clarke," confirmed Grace. "She was the hoosekeeper at Drumalis afore she went tae Dalriada." She leukt intent at Martin. Then, she ris hir han tae hir chin. "Mary Beth Clarke," said she in a whusper." Hir han drapped tae hir side. Martin leukt at the grun, an Maisie contemplated walkin away tae lea them baith tae it but knew that yin fit advancin or retirin wud break the spell that had bin cast.

Martin ris his heid. "If God spares me an keeps me, I'd lik to find her."

"But Mr Andrews, Mary Beth fell on haird times afore the Great War an went tae live bae the shore. She ended up in the warkhoose. My Jamesina was gey fond o her. Mary Beth aye gien the wean dulse. Honest God's truth, I cud niver fathom why a wumman wi sich lairnin was a hoosekeeper, let alane a pauper."

"I asked a porter in a hotel if he had ever heared tell of Mary Beth Clarke, an said he that she was a mermaid, no less." Martin lauched fair an forlorn an Maisie watched a smile emerge ower the white birsle o his unshorn face. "A mermaid, who tore her own baby from her body before returning to sea."

"The things folk say! I'm hairt-sore an hairt-sair tae hear Mary Beth spak o lik thon. She was a quare wumman an a smairt yin."

Martin stuid still a minit, his heid droopin. "I should go," said he. "Thank you Mrs Higgins. You have been kind to talk to a man like me."

He walkt away, his heid slichtly mair elevated than afore.

"Wait," caalt Grace. "Whaur will we find ye?"

"Corran cottage. Think of me as a mad man keeping an eye out for mermaids by the sea," said he, a smile revealin yellaein teeth as strecht as a raw o kitchen hooses.

His figure flitted on up the street, an Maisie thocht bak tae the pictur o Mary Beth Clarke in the laft o Dalriada, hir face featureless, wild an solitary.

"Tragedy's what ye see amang the livin," said Grace wi glessy een.

"Mebbe ye're right."

"He cud hae bin mine," siched Grace.

"What in the name o—?"

"Martin Andrews yince akst me tae dance at the servants' ball."

"He did no!" Maisie tichered.

"Aye, he did, but I knowed ma place. Martin had leuks tae kill an an education forbye, but yer da had a trade an wheen o pigeons, an yer grannie aye said I shud fine a man wi a trade an a wheen o pigeons."

"Thanks be tae God," said Maisie. "Are ye sayin I cud hae bin livin on tither side o thon waal?"

"I doot it verie much, dear, fur thon fella's a romantic an a romantic he'll dee."

"What's wrang wi bein a romantic?"

"Romance is aal richt if ye mairy a thatcher, ma dear, fur a romantic will squander his worth, seek alms frae his brither an end up in a thatched cottage bae the shore. But here, dear, he must hae bin the man that wranged Mary Beth Clarke, an I'd niver hae guessed it in aal ma days."

Chapter Eight

Sally kep hir een on the gran hooses prosperin lik gairden cities minits frae the chimley staks an bak-tae-baks o urban Belfast. She cudnae leuk at Alfie, suffer the tremmlin o his lips, listen tae a voice that was raw wi tears ower a coffin he cudnae shouler.

Alfie had seen deith up close, but he didnae unnerstan what it leukt lik ayont an etched marble heidstane an mid-mornin service o ashes-tae-ashes an dust-tae-dust. He didnae unnerstan what it leukt lik even as it occupied the space atween them on the road hame frae the hospital.

Sally knew deith an the spirits it awakened. She cud feel thair inexorable an inexplicable presence. Hir ma. Hir da. Hir unborn weans. Exiled faces that invaded hir daylicht dreams.

Lossin hir ma sae young had gien hir courage — tae set hersel tae lairnin, tae lea the comfort o poverty ahint her, tae flit frae yin warl tae the nixt. An whan the doctor had diagnosed cancer, she had a sense o kinship wi hir ma that had comforted hir an made deith a promise an no a curse.

An ounce o wormwuid in a quart o boilin watter. It was a voice, no Alfie's voice. It wasnae the first time Sally had heared them witch-lik wirds. She shut hir een an spak. "A wumman toul

95

ma ma tae tak a cure. I can hear the voice but cannae pictur a face."

"Your mind is playing tricks on you. You're tired. You need to rest."

"Wirds frae the deid." She lauched.

Alfie's han tapped the steerin wheel. "Don't talk of death."

"I wasnae talkin o dyin. The voice is maybe comin frae—"

"Please don't talk of such things."

The motor slowed.

"I hae memries an I dinnae unnerstan them. I see a baby."

She sat bak an closed hir een. She wud sleep. Alfie was richt. She needed tae rest.

She drifted. An she slep, wirds tunin in an oot o hir mine as the motor muived frae asphalt tae gravel.

The tumour is in the occipital lobe, Mrs Andrews.

A consultant's circumspect voice, pre-emptin a marble heidstane an mid-mornin service. Or, mebbe it was anither doctor preparin the way fur a stane slab tae be etched wi the wirds *Winifred Anne Ramsey, 1883-1926*. But that wasnae possible. Winifred wudnae hae bin tae Belfast — tae the Nervous Diseases Hospital. Winifred wudnae hae had an electroencephalograph. She wudnae hae bin wired up tae the giant machine — yin o onlie a dozen in the UK, sae they said.

Hou did they know it was a brain tumour? Sally minded hir da houlin up a hen's egg tae demonstrate the size o it.

She cud hae akst Doctor Andrews hou Winifred wud hae bin diagnosed, but she cudnae acknowledge the connection atween hersel an hir ma in front o him. She cudnae acknowledge it fur Alfie was no merely a doctor o medicine; he was a healer an a man o hope. An it was his hope that propelled the motor at speed.

She wud aks the consultant at the hospital nixt time. He was oul eneuch tae hae treated a patient in the 1920s. She wud tell him that it was a brain tumour, an that she had niver akst hir faither hou they knowed.

Alfie's hope was deifenin, louder than the drone o the engine. Sally wanted tae respond tae him, tae tell him she wanted tae live life in Dalriada, hir ain gairden citie set ahint the chimley staks an bak-tae-baks o the Browne's Irish Linen Factory, a disproportionate destiny wi a turret an mismatchin windaes.

What did ither folk dae whan they foun oot they wur dyin? It was a reasonable eneuch thocht fur Sally tae express in the internal chambers o hir asymmetric mine. Mebbe noo was the time tae find some purpose, ocht mair than what was wrenched frae hir bodie. Twice.

She wud be lik Alfie's ma. She wud behave as a Mrs Andrews ocht tae behave: join committees, rin variety shows, organise fairs wi tombolas an raffle tickets. A real Mrs Andrews wud sell raffle tickets.

An she wud find God. Aye, that was a priority. *Seek, serve and follow Christ.*

She had tried that, but she hadnae foun God, at least no in the way that the evangelic minister on the wireless had foun God. He had bin born again, his sins washed away. Sally was a part-time believer an cudnae think o a sin she had iver committed, except the sin o wishin that she wur deid sae that she cud see hir weans again.

But she didnae need tae see them again. No in the flesh an bluid. She had thair spirits in the gairden, giein life tae the white heids o the water hawthorn an the yellae tips o golden club. She smiled. She cudnae help it. "Alfie, can we build a wee sculpture?"

"What kind o wee sculpture?"

"Ye know, yin o them sculptures ye see in gairdens. I seen them in France. They wur verie gran, but I'd lik a wee yin. The pond was fillt wi colour this simmer. A white sculpture bae the pond. Ocht wee."

He thrummled hir han. His voice was steady. "We'll build a sculpture an I promise that I'll take care of it."

He unnerstood. He unnerstood deith ayont the grave. Sally loved hir husband, an she knowed that he loved hir in retuirn.

She akst hersel who he was in love wi. She was the dauchter o a sick man yin day, an orphan the nixt. She was a mither-in-waitin, a mither-in-mournin. Twice. She was a gentleman's wife an a freen o the maid.

Mebbe the leuk she had seen sae affen in Alfie's lost een wasnae that o a boy faalin for the laundry maid, but that o a man perpetually faalin for a stranger. An noo she was dyin, there was a hale new person tae love.

Hou easy it had bin tae accept deith on the road hame frae the hospital, tae think it was possible tae drift intae it wi'oot a ficht.

Sally had lain in bed fur twenty-four oors, awakin tae drink watter an then faal in intae a deep sleep again wi nae thochts o deith, nae thochts o the hospital.

She woke an washed an had breakfast, a slow breakfast o kippers an toasted soda wi a gless o ginger ale tae waken hir senses. She had enjoyed that meal, a first efter days o nae wantin tae eat a bite.

She glenced at the newspaper. Naethin but advertisements an notices the lenth o the front page, the largest of o them The Herbalstores, 57B Main Street. *Herbal remedies for coughs, colds, catarrh, asthma, bronchitis, stomach and liver troubles, kidney and bladder complaints, rheumatism, sciatica, nervous conditions, boils, pimples, eczema, piles and constipation.* Nae mention o brain tumours.

She rairly read the paper, but noo she read it throu the een o yin wi nae permanence, an she felt connected.

She had bin disconnected, content in hir gairden, hir kitchen or bae the sea. What did folk think o hir walkin aroon Larne in sich dresses an coats, hir white gloves pristine, hir smile an small-talk perfection?

A photograph o Miss Larne 1948 catcht hir attention. Twa raws o weemen. Hou young they aal leukt. Young an sae fuul o the future.

She wud walk. Alfie was at wark efter days away frae his patients. She wud walk alane, an she wud wear the red cardigan that Grace had knitted her. She had aye bin feart tae damage it, tae tarnish its sentimental worth. The day was the day tae wear it.

She skipped the first half mile, energy fizzin throu hir bodie lik carbonated ginger ale. Hir senses wur snell, the air sauty on hir lips an tongue. It was a calm sea wi ripplin cones o water streetchin ayont the twin islands o The Maidens tae the hills in Scotland.

The dairk ootline o the Black Arch appeart close at first, but as she walkt on, it stepped away frae her, oot o reach. She stapt an catcht hir breith. The blak basalt rock o the ancient cave blurred tae grey, a silent movin pictur frae the past.

It was happenin again. She wasnae tae be permitted this short danner. She wudnae reach the dairk rocks. She wudnae rin hir hans ower thair ancient, silken edges. She wudnae stare intae the Devil's Churn, hear the watter gluggin an slurpin again the cavern o rock.

She pleaded wi God tae allow hir tae reach hir destination, but she knowed hir prayers o desperation wur futile, that they wud gae unheeded. She turnt aroon an gresped the railin wi hir glove, trailin hir fingers ower the rusty bumps an shairp edges o paint.

She durstnae leuk left tae the sea, tae a horizon that wud grow faint. She wudnae see Scotland, fur the same symptoms that had hasted Alfie taewart the hospital in Belfast wur yince again shakin hir confidence. Hir vision dimmed. Tears soaked hir face. She had acquiesced wi the diagnosis, willed hersel tae enjoy the present, but the present kep changin, lik an evolvin, bewitchin wife.

Why cud deith no be a strecht line, a symmetrical horizon she cud cross wi'oot this unerrin pain an torment?

She walkt an she paused at the brae on hir richt, yin that rin frae the tap o Waterloo Road doon tae the shore. She had forgot that Maisie was comin tae visit wi the wean at eleven o'clock. She needed tae git hame.

She rested at a shelter at the tap o the Chaine Park. She had sut there sae affen wi Alfie that even noo, wi hir een shut, she cud see the rugged rivulets o gress whimplin doon tae the sea. A gull broke the stillness, its piercin cry a metallophone again hir temples. She tried tae tuin it tae hir mind, tae walcome its naiteral caal, but she cudnae abide its discordant echo. She needed tae gae hame.

Begunkt bae hir failure tae walk a mile, she made hir way ower the road, rinnin hir han ower the waal, testin hir ability tae be blind — a milestane atween life an deith.

She reached the front dure o Dalriada an walkt intae the parlour, a ruim she had niver used, even whan aal its fossils wur remuived. She admired it noo fur its lafty windaes an ceilins an its yellae, healin licht. She lay on hir side on the sofa aneath the bay windae, happed hersel in a blanket an squinted taewart the clock. Half past ten. She cud rest hir een fur half an oor.

Sally woke tae the scent o fresh breid on the griddle an the sound o a bairn greetin. She sat up an teuk in the wairm colours o the gairden, the seamless space o burnished red an yellae, questinin why she had wasted sae much time hidin in the small corners o Dalriada whan its open airms wur there tae embrace.

"Is that you up, dear?"

Sally leukt at the clock on the chimley-brace. She had slep fur mair nor an oor.

"Maisie?" Hir heid was clearer than it had bin on the walk, yit mizzlie frae the nap. "I'm in here."

"I know whaur ye are," said Maisie, who stuid on the threshold o the dure, hir face a halo o freckles shinin ower a bunnle o white linen.

Sally was stunned bae the beauty o Maisie — the smile that owerflowed wi life, the chestnut hair that danced in uncultivated curls. She felt tears stir in hir een. An then she was houlin a wean an the emotion streamed frae the depths o hir womb, tears christenin the tottie heid o saft, dairk hair.

She leukt up tae Maisie an bak tae the bairn. The bairn's cheeks wur red an shinin, hir een openin fur juist lang eneuch tae tease Sally wi twa dairk blue flashes.

Maisie wore a plain outfit, a bottle green skirt an a cream cardigan that hung loosely ower hir roonded tummy, but hir bodie pulsed wi the riches o naiter. She knelt ontae the carpet bae Sally's knees, hir han gently clespin the babbie's. An aal the energy that passed frae mither tae wean coorsed throu Sally's bluidstream. She had niver felt sae present an alive.

"Dinnae cry," whuspert Maisie.

"She's bonnie," said Sally.

The babbie was bonnie. An there was naethin bonnier at the gates o deith than the teuch o new life.

"Sit bak an gie hir a wee nurse on yer knee. I'll git us some tay. I made some slims on the griddle while ye wur asleep."

Sally felt an ache in hir stomach, but it wasnae a pain fur the weans she had lost or fur ocht that had gaun afore her. It was the pain o feelin somebodie else's joy. Daniel, Lily, Hughie, Rose an Iris had aal brocht lauchter an smiles tae Dalriada, but she had met Grace's ither granweans whan life seemed interminable.

Teach us to number our days. The wirds on the oul lychgate. Sally had read them affen eneuch, but she had niver dreamed she wud live them sae soon.

She minded a doll that Maisie had, a tapsy-turvy rag doll caalt Sally-Anne. There was a blak American mammy at yin end an a white girl at tither. The weans had bin mesmerised bae the doll, an they teuk it in turns tae play wi it fur months afore it disappeart. They foun it in the end, torn tae shreds bae a nighberin doag. Sally had buried it in the bak gairden wi a stick inscribed *RIP Sally-Anne*. She thocht o the devotion they had baith gien tae that doll as she held Maisie's babbie in hir airms.

Maisie re-appeart at the dure wi a tray, resumin the role o the maid fur the lady.

"What's hir name?" akst Sally.

"Missy-No-Name," said Maisie, settin the tray on the table. "I'm still thinkin aboot it."

"Five days later? An what daes Grace Higgins haetae say aboot that?"

"She isnae as concerned as the Reverend. He caalt wi us this mornin an said he'd be bak themorra evenin tae baptise her. Ma said she niver heared tell o a wean bein christened wi'oot a name. I was hopin ye might be able tae help me."

"Let me think on it," said Sally. "Is there a name ye liked as a wean? A doll maybe?"

"A doll," said Maisie, pausin tae think. "Ye're a geg, Mrs Andrews, fur ye know weel ma ragdoll was caalt Sally-Anne."

"Ye wud dae worse than tae name a wean Sally-Anne. The Anne gies it a bit o gravitas."

"Gravitas," Maisie repeated wi a smile, "Is that right?"

"Wud ye nae name hir efter Jamesina?"

Maisie's lips tremmled. "What in the name o guidness was ma thinkin? Jamesina. Did ye iver?"

"What aboot Clara? I like the name Clara. Reach thon wee pictur doon frae the chimley-brace."

"This yin?" said Maisie, liftin a pirlie oval, brass frame.

Sally leukt at the faded portrait o a wee lass in ringlets.

"Who is it? I hae dusted that frame a-hunner times an niver thocht tae aks."

"I dinnae know. It says Clara on the bak. She must be a freen o Aflie's. It was here amang the ither photographs whan I flitted in. I aye liked it. It sort o gien me hope, I suppose — somethin tae leuk forrit tae."

Maisie bowed hir heid. "I'm sairie fur ye. Ye know that I'm clean sair fur yer trouble."

"Och, no haein weans was yin thing, Maisie, but it niver dawned on me tae me tae nummer ma days."

"No," said Maisie. She had hir heid doon an leukt fur a handkerchief aroon the cuff o hir slieve.

"Did Alfie tell ye the hale thing?"

"I hink sae." Maisie rin hir fingers ower the frame, a tear escapin doon hir cheek. "He toul me aboot what happened at the hospital." She sniffed, wiped hir neb wi a handkerchief an leukt intae Sally's een. "I'm hairt-sair," said he. "Hairt-sad."

"Tell me this, Maisie, did ye hear aboot the mystery uncle?"

"Martin Andrews? I did, an I met him. I hink ma ma teuk a shine tae him." Maisie smiled throu hir tears.

"I hinnae seen him yit, but Alfie met him fur the first time afore I went intae hospital."

"He didnae know him afore?"

"He haes vague memries o spendin a day wi him as a boy. His uncle come hame in March an caused a gye ruckus at the Larne Musical Festival. Then he disappeart. I knowed the captain had a brither, but I was wairned bae Alfie no tae mention the brither."

"Daes yer Alfie know aboot Mary Beth?"

"Mary Beth?"

Sally's vision flichtered.

"The wumman," said Maisie. "Did Martin no faal oot wi his da ower Mary Beth Clarke?"

"All I know is that Martin teuk tae the wrang side o the blanket wi the maid."

"It was Mary Beth Clarke," said Maisie. "Mine, ye showed me hir pictur in the attic?"

"But it cudnae hae bin. Mary Beth was a pauper."

"Mary Beth wasnae a pauper," said Maisie. "She was the hoosekeeper at Drumalis whan ma ma warked there."

Sally thocht bak tae the pictur o the solitary wuman. A chill washed ower her.

"There was said tae be a wean," Maisie added tentative-lik. "Ye know the rumour as weel as me."

A lang silence follae'd as Sally tried tae piece the information thegither, but the discordant jummle o thochts an memries made hir tired. Hir airms stairtit tae slacken. "Maisie," said she gey an saft. "I think I need tae lie doon. The tiredness, it comes an it goes."

"Of coorse, said Maisie, liftin the wean frae hir airms. "Wud ye lik me tae pull the curtains?"

"A wee bit, thanks. Ye git on hame noo. Daniel will be bak frae schuil suin. An Hughie. Gie them ma love."

"I will," said Maisie. She pullt the curtain coard, pit the photograph bak ontae the chimley-brace an fixed the blanket ower Sally's shoulers. She then stuid wi her baby in her airms an leukt aroon the ruim, lik she was listenin tae what cudnae be seen.

Chapter Nine

A vision o an oul wumman wi skin lik the bark o a chestnut tree come tae Maisie in the early oors o the mornin. Clara had taen tae archin hir bak an squaikin in sich a manner that no a single member o Maisie's femlie cud entice hir intae the bonnie carriage — no even hir ma wi aal her wit on hou tae rear a wean. The minit Maisie cud git oot o the hoose, she walkt tae the corner, teuk a motor coach tae Main Street an anither tae the Glynn.

A mizzlie road revealed itself yin yaird at a time frae the motor coach. Maisie listened tae what the weemen in front o hir wur sayin. Ocht aboot Nathanial Greer — him that was in the paper last March. Dee'd yesterday, sae they said. Dee'd alane.

Maisie thocht aboot wee Mrs Greer, the quait wumman that teuk her man tae court fur bein cruel an then flitted tae Chicago afore the paper was printed. In the hale o Maisie's puff, nae wumman she knowed had iver taen hir man tae court fur bein cruel.

Maisie thocht aboot the weddin she'd seen yin time wi the naval officer frae Chicago. An she thocht aboot the oul Reverend Greer. It was queer tae think o the Reverend Greer on Hallowe'en. It was queer tae think on what he'd said aboot peyin respects tae the deid on Halleve nicht. A holy eve. Whan sauls flit frae yin warl tae the nixt. Maisie closed her een an peyed her respects tae a cruel man.

She got aff in the hairt o the village, close tae the bare chestnut tree. Tae hir richt, heids o weans wur visible throu small, square panes in the schuilhoose. Bae the roadside, the licht frae an oul street lamp sweeed bak an forth lik a lang skippin rope. Maisie turnt an walkt taewart the cottage, no sure why she was there or what she was gaun tae say. She knocked the red dure an rin hir han ower the musty lime-washed waals.

"Come in!" caalt the voice frae inside. Maisie swithered afore pushin the dure ajar.

"Come in oot o the damp, dear," said the wumman, as if she had knowed Maisie the hale o hir days.

"I come bak," said Maisie. "I met ye yin day."

"I mine ye weel. I'm Cathleen. Cathleen Cairmichael."

"Maisie Gourley. Nice tae tae meet ye."

Maisie leukt aboot the ruim. An oul press. A settle. Twa creepies. An ale plant on the windae sill. Spacious. Clean. Simple. The line o brass bells an buckles on leather straps doon the side o the fireplace wur the onlie adornments.

"I see ye hae bin blissed," said Cathleen. "Reach me the wean while ye sit an wairm yersel. I wud git up, but the pains afflict me whan it's nether yin saison nor t'ither, an nae amount o thyme nor clove can ease the rattlin o oul banes lik mine."

"I cud lay hir on the settle if that's alright wi ye. She slep aal the way. We come frae the Waterloo Road."

"Here, hing up yer coat tae wairm it, dear." Cathleen pointed tae a line heuked ower the fireplace whaur Maisie hung hir coat an the wean's blanket. She pullt up a stuil an sat bae the fire.

"The tay is fresh. Help yersel."

Maisie got up an lifted twa tin cups. As she poured the milk, she noticed a line o medicine bottles on the tap shelf o the press.

"Dae ye live here alane?" akst Maisie, a questin that needed nae answer fur the ruim was made up fur yin.

"I sent ma man aff tae war a lang time ago. He niver did come bak."

"The Great War?"

"Och naw, dear," Cathleen chittered throu weel-worn teeth. "Naw, it was Africa. I cudnae heal ma ain husband, Mrs Gourley. I dinnae offer that kine o healin, ye see."

Maisie bowed hir heid, no quite comprehendin what Cathleen was sayin.

"That's why fur ye come, is it no?" said Cathleen.

Maisie sheuk hir heid in confuision an sat doon.

"They know me tae be a healer, Mrs Gourley, but I see them dooncast een an I can promise ye there's nae witcherie here. Juist a wheen o potions an an oul pair o hans."

Maisie leukt up an was comforted bae Cathleen's smile.

"The young yins dinnae ken the healin. They wud as soon pit an oul wumman lik me in the mad hoose. Healin is ether a burden or a gift, Mrs Gourley, an I tak it tae be a gift."

The echaes o bible schuil niggled Maisie, but she leukt at the bunnle o Clara on the settle an felt sure that she hadnae bin dealt the han o the divil.

"It's no ocht ye talk aboot," she went on, as if heedin the wannerins o Maisie's mine. "It's kep quait."

"I hae niver met a healer," ventured Maisie. "I niver did lairn aboot sich things."

"I had goose bumps up ma airms an aroon ma neck whan I seen ye pass," said Cathleen.

Maisie stared. What was this wumman? She didnae leuk lik a fortuin teller at the circus or at the hirin fair.

"A storm come in that day," said Cathleen. "An I watched fur ye comin bak. Ye wur away a quare while."

"I walkt tae Glenoe," said Maisie.

"An ye foun him there."

"As happy as a lark."

"Whan ye passed me on the road hame, it was a different saul walkin."

Maisie hugged hir tay wi baith hans, conflummixed that somebodie shud know hir mair than she knowed hersel.

"Ye had cast aff an oul skin. I reached oot an held yer han."

As far as Maisie cud see, the onlie skin she had cast aff in Glenoe was hir naivety. She heared the echae o Esther Gibson's voice. Esther was eleven when she lost her childhood. Maisie had lost hers the day she realised that Leonard's sang wasnae fur her.

"I knowed nocht aboot the healin," said Maisie. "I wasnae leukin tae be healed."

"Ye knowed nocht aboot the healin, Mrs Gourley, but as sure as God, ye wur leukin tae be healed."

Maisie was cuirious, hir reticence subsidin. "Hou did ye know?"

Cathleen smiled a cannie smile. "Healers are as thatchers, ma dear. Folk nae langer knock on ma dure, but they come. They stap an they tell me what I aye ken."

Thair een met an Maisie knew there was ocht atween them.

"What did ye heal?" she akst. "A broke marriage? A broke man?"

Cathleen cradled the tin cup in hir lap an reached oot hir hans. "I follae the winds on ma skin, voices in ma heid, picturs o times in front o me, memries o times I niver had. I knowed ye wud houl a wean twixt these twa hans. Ye wur feart o it. Ye wur feart o birthin a wean."

Cathleen held Maisie's hans ticht an then let gae, a shock o air passin whaur the wairmth had bin. Maisie jolted. She stuid up an saw that she had spillt tay on hir dress. It was true. She had bin feart. She cudnae see it tae noo. She pullt a handkerchief frae hir poaket an turnt taewart the medicine bottles as she cleaned away the stain.

"I've a freen," said Maisie. "She isnae weel."

"What's the maiter?"

"A brain tumor. They say she cannae be healed."

"Yer freen may be short on time, Mrs Gourley, but she can be healed frae pain. An ounce o wormwuid in a quart o boilin watter three times a day." Cathleen pointed tae the dresser. "Tap shelf, third bottle frae the left."

Maisie walkt taewart the dresser an hesitated afore liftin the bottle. "Her husband's a doctor," said she, thinkin o Alfie. She had aye gaun oot o hir way tae impress him, tae ensure that he niver thocht ill o the fectory folk.

"He'll be thochtie, sae he will," said Cathleen, "fur he's a healer wi lairnin forbye. He'll no comprehend why."

"Nane o us comprehend it."

"Daes yer freen comprehend it?"

Maisie thocht fur a minit. She lifted the bottle an sat bak doon.

Sally had niver deliberated the whys or whaurfores o hir illness wi Maisie. She had a fechtin spirit whan she was up an walkin an visitin Clara, but whan she was lyin doon in Dalriada, she leukt pale an gaunt an ready tae die.

"I think aboot hir dyin an leain naethin o hersel."

"Fur she haes nae kin?"

"Her ma died whan she was ten. Hir da died at the stairt o the second war. She haes nae brithers or sisters. An she suffered twa misses."

"Maisie, dear, she bore twa weans an thair spirits are amangst us."

Maisie smiled as she follae'd Cathleen's een tae the heavens.

"What dae they caal yer freen?"

"Sally. She mairied a doctor an flitted tae Dalriada at tither side o the waal. She was born in the kitchen hoose nixt tae mine."

"Dalriada?"

"Aye, it's the name o a hoose, a sort o castle wi a turret on the richt side."

"I met a maid frae Dalriada yince."

"Was it Winifred?"

"No dear, I dinnae mine the name Winifred. I aye forgit names, but the face I'll niver forgit. Terrible tortured was she." Cathleen's expression turnt coul. "Mary Beth," said she, shakin hir heid. "God's truth, I mine the leuk o terror in hir een."

"Did ye heal her?" akst Maisie.

"No, dear, I didnae, fur the kine o healin she was leukin fur is no the kine I gie."

The thin silhooette o Margaret Andrews appeart at the parlour dure.

"Sorry," said Margaret. "I didn't mean to bother you."

"Come in," said Sally. "Maisie was tellin me aboot a healer she met at the Glynn."

Maisie strechtened up. Why was Sally discussin this wi her mither-in-law?

"Lovely to hear your news, Mrs Gourley." Margaret held oot her airms tae cuddle Clara. "How old is the baby now?"

"Nine weeks," said Maisie.

"And how is the boy with the voice of an angel?" she said, rockin Clara back an forth bae the hairth.

"Wee Hughie?" said Maisie. "Him an Daniel are upstairs in the laft."

Maisie had onlie iver seen Margaret on stage adjudicatin at festivals. She'd niver bin her equal in a conversation.

Margaret sang into Clara's lug in a whusper. *"You in your small corner and I in mine."* "An what aboot this healer, Mrs Gourley?" she akst. "Was it oul Cathleen Cairmichael?"

"It was," said Maisie, taen abak bae the suddent change in tongue, surprised that Mrs Andrews knowed Cathleen.

Margaret smiled wi teeth as roonded as the pearls that adorned hir neck. "Och dinnae leuk sae surprised! Dae ye think I lived in a folly lik this the hale o my life? I still ken what I kent afore the elocution lessons. I'm frae the Glynn masel an I knowed Cathleen aal ma days. She's a hairmless cretur. I gaed tae hir whan I was expectin Alfie, tho I toul Alfred Senior nocht aboot it fur he wud hae thocht it the heicht o nonsense. She gien me a potion o mint an nettle fur the sickness. I shared it wi Winifred, fur she was expectin Sally roon the same time. I heared ye mention the name Mary Beth afore I come in. She warked here."

"Mary Beth warked here?" said Sally, leukin aroon as if there wur mair than four o them present.

"Aye, she left the big hoose ower at Drumalis an she come here. She leukt efter ma mithir-in-law whan she was dyin."

"Hou lang did she stay for?" akst Sally.

"A wheen o year. Captain an Mrs Andrews walcomed aw the great folk bak then. There was a hale ferlie aboot Irish culture an folk wur cuirious aboot Mary Beth for she talkt the tongue. A guid wheen of maids frae the kintrae come tae Larne for wark in them days, an the men ended up scholars tae maids! Martin lairnt gaelic frae Mary Beth. Then the Unionists brocht in guns tae Drumalis across the road an there was less talk o the Gaelic League. Whan the Great War come, it aal went quait at Dalriada."

Aal was not quait at Dalriada. Maisie was sure the hoose was alive. The very waals groaned. The hoose wasnae answerin its caalin.

"Did ye talk the tongue yersel?" said Maisie. She had niver heared gaelic spak, thou Leonard had a wheen o wirds frae his time playin at the Glens feis. 'Smoysheen,' he said frae time tae tae show aff.

"I lairnt a wheen o things bae ear. In oor day folk come frae aal roon Ireland sellin ocht at the fairm. The pins an needle man — Tammy Gomoy — I caalt him — talkt the native tongue. 'Cadjaymaratatu' said he at the gate. An ma ma, wud say, 'Tammy Gomoy.' I teuk it tae be his name."

"An what aboot Mary Beth?" said Sally.

"There was a quare rair atween Martin an his faither efter oul Mrs Andrews dee'd. Mary Beth was sacked. They say there was a dalliance atween Mary Beth an Martin."

"They mebbe didnae want Martin mairyin a maid." said Sally.

"Mebbe, but I was a nurse o fairmin origins masel. The Andrews wur aye cuirious aboot the folk aboot them. Mary Beth left Dalriada an got mair attention than iver posin as a pauper doon bae the shore. Martin went tae Liverpool an he didnae hae the wit tae git on in the warl an git ower it aal. Meanwhile, ma husban kep a cannle burnin fur his brither an went bak an forrit tae Englan iverie couple o yeir tae gie him mair money tae wash doon."

"Whan did ye move intae Dalriada, Mrs Andrews?" akst Maisie, cuirious as tae whan Margaret had acquired the ways o a lady.

"George gien us Dalriada in 1914, efter his wife died."

"A generous gift," said Maisie, leukin up an aroon the stucco ceilin, wunnerin if she shud hae tried a little hairder tae escape the Waterloo Road.

"A hansel that taks mair than it gies, at times, an I'm hairt-sure Sally wud agree wi me. It's no the kine o hoose that rins weel wi fuel rations. The winter o 1915 was harsh an I had a wean tae keep wairm. Wi a husban at sea an helf the men in the area at war, I muived oot, bak tae the fairmhoose at the Glynn."

"I didnae know," said Sally.

"I stayed wi ma ma richt up tae the end o the war. Yer mither an faither watched Dalriada fur us. Maist o the men wur in France."

"An sae they stayed here?" Sally leukt aroon the ruim. She tapped her richt han on her left shouler.

Maisie shivered.

"Aye, they stayed here, but knowin yer ma, she wud hae stayed in the kitchen. Noo, this beautie in ma airms, what's hir name?"

"Clara." Maisie leukt at the photograph on the chimley-brace as she spak.

"A bonnie name."

"It's frae yin o the Andrews' cousins," said Sally.

"Which cousin?" akst Margaret.

"The wee girl on the chimley-brace."

Maisie lifted the photograph an Margaret sheuk hir heid. "I dinnae recognise her. Did Alfie say she was a relation?"

"I maybe got confused," said Sally. "It's bin there fae we mairried. Leuk at the bak o it fur me, Maisie."

Maisie unclipped the bak o the frame. "There's a *Belfast News-Letter* stamp an it says *Clara, 1919.*

Maisie come doonstairs efter feedin Clara tae find the fire rairin, the wireless blarin an the windaes steamed up wi the breith o the hale Higgins femlie, aal gaithered tae read letters an play games wi the weans fur halleve nicht.

"It's as thrang as three in a bed an a fourth yin wantin in," said Grace, who was seated in Maisie's chair bae the hairth. A clatter o weans sut on thair hunkers bae the fire, Jamesina stuid at the dure atween the kitchen an the scullery wi a leuk o importance on hir face. An aal the seats in the kitchen an scullery wur fillt. It maitered little that Maisie suffered pains frae givin birth fur naebodie got up tae gie hir a seat. "Are we all quite comfortable?" she grummlt as she hopscotched ower a line o feet taewart the scullery, jookin the epples danglin frae the lectric licht. They collectively replied, "Och aye."

Maisie's faither pullt oot a metal stuil frae the table in the scullery an handed it tae hir. Maisie was still the sister wi'oot weans in maiters o sittin up at nicht, an God forbid that Lily's spacious parlour hoose shud be sullied.

"Dear Ma," trumpeted Jamesina's voice, an they come tae attention again the noise o the wireless.

"Wait, wait," said Grace. "Turn thon wireless aff, wud ye?"

Hughie jumped up an turnt the knob.

Jamesina stairtit again, "We were in Blackpool when they told us we were to pack."

"Houl on!" hollered Grace, red in the face. "Tell us who it's frae. Is it Roy or Ken?"

Jamesina turnt the page an leukt up ower hir spectacles. "Roy," she said wi an unrestrained smile.

Maisie was transported bak tae the scullery o hir childhood at nummer fifteen. There was Jamesina cairyin aroon hir wee brithers lik real-life dolls, hir smile easy — no yit owershedaed bae a laftie scoul. Grace was enjoyin her Roy an her Ken, who didnae fuss or scraich or scream or challenge hir way o gittin on in the warl: she had a leuk saved fur sons an sweet epple pie, an Maisie grinned whan dimples formed at the corner o hir ma's lips.

Jamesina teuk up the letter again.

"We were surprised when word came that we were to go to the north of Germany."

"The north o Germany!" puffed Grace, houlin hir chest. "What in the name o guidness!"

"Ma!" nyittered Lily, "wud ye keep quait an let Jamesina read the letter?"

"The airlift," said Lily's Rab, wi the same childlik leuk o self-assurance that wee Hughie had whan proclaimin his intelligence. "Ken an Roy must be deliverin fuid tae West Berlin."

"Terrible thing," interjected Leonard. "They say the weans is starvin."

Jamesina peered stern-lik ower hir glesses at hir audience. "Would someone else like to read, or will I continue?"

"Och, keep yer knickers on!" said Grace.

"We didn't know what was happening," said Jamesina.

"Did they keep them thegither?" interrupted Grace, hir hans iver tichter on hir chest. "Did they keep oor Ken an Roy thegither? Fur they wur the best weans whan they wur thegither."

"Ma!" guldered Maisie an Lily thegither in a chorus.

"Weel!" she protested. "It's no richt tae set apart twins. *My* boys niver akst fur mair than the companie o yin anither. An

I'll tell ye mair forbye, there was niver a jealous streak atween them. What yin was gied was aye offered tae his brither."

"A plane goes up every three minutes from our base," resumed Jamesina. "The roar of it is something else all together. I'm on the coal planes and have been back and forward to Berlin every other day for three months. When I first went, I couldn't believe my eyes for the buildings were in tatters, the children half-starved. They begged us for food, but all we had for them was the chocolate from our rations."

"God bliss us an keep us fur is thon no a sin, even if they *are* German!" exclaimed Lily. "An these weans o mine winnae eat a bite atween them. Did I no tell ye the weans is stairvin in Germany!" said she, leukin at Lily, the thinnest o the three.

"The city is in ruins," read Jamesina, loud, drounin oot Lily's voice. "And it looks no better though I've been fifty times. The children caal out 'Tommy Tommy Shokolade' when they see us coming."

Jamesina paused an added, "that's German for chocolate."

"I cannae read an even I knowed thon!" said Grace.

"I toul ye I can lairn ye tae read," said Hughie.

"Son, I dinnae need tae lairn fur ma granweans are the best educated weans in Ulster. Dinnae ye wirry yer heid aboot me!"

Jamesina coched an teuk up the letter again. "Our Ken saw a child being held at gunpoint by the Russians up against a wire fence, an I think it touched him fur the child could have been no older than our Hughie."

A deifenin silence tore throu the ruim. Ilka heid turnt taewart Hughie. Maisie glanced at hir faither in the scullery an saw red blotches appear aroon his een.

Jamesina waved the page an kep readin. "Ken's a driver for the Padre. He's away with him this weekend to Norway to deliver him to a weekend retreat with the other priests. They've become very good friends. The padre prayed for him before he went to Berlin an his prayers were answered for Ken came back in one piece."

"Weel thank the Guid Lord fur the Catholic priest an his prayers," said Grace. "Imaigine the weans stairvin! Why?"

"Ma, do ye no listen to the wireless at all?" akst Jamesina. "Your sons are on active duty, so it would serve ye well to pay some attention to the news. The Soviets won't let food and fuel pass through to West Berlin by land. Ken and Roy are helping deliver the coal in the RAF airlift."

"God's truth, Miss Hoity Toity, I'm no daft. Last time I got a letter was in July. It's noo October. I teuk it that Ken an Roy wur still in England. I hae bin hairt-broke these last three months waitin on wird frae them. What kep them writin tae me?"

"There's little recreation time," read Jamesina. "Ken's enjoying the driving, all the same, but Germany is like a country under a shroud. It'll be good to get back to England. I've told Ken to write to his ma, so you'll get a letter from him soon. Say to Hughie that his letter was the best I've ever read and that I'll take him to the pictures next time I'm home. Congratulations to Maisie and Leonard on the birth of the baby. With love, your son, Roy."

"With love, your son, Roy," said Grace wi a coy smile. "Is that it? Is there naethin aboot coortin? Oor Roy aye tells a yairn aboot the coortin!"

"No, Ma," said Lily, fair an sair, "Shuir, did he no say Germany is unner a shroud? He'll no be chasin weeman. Did ye iver imaigine we wud be sendin claes an toys tae the Jerries? It's queer the way things wark oot. Yin minit we're at war wi them, the nixt we're savin them."

"That's what the good Lord teaches us to do," said Jamesina in an authoritative tone.

"Weel thank the Lord in the Heaven's abuin that ma boys is safe," said Grace, hir hans clesped in prayer. "An may He bliss us an keep us fur I had a faither an twa uncles at the Boer, three brithers at the Somme an noo ma onlie sons are in Germany." "Guid Lord," said she, hir een ris tae the ceilin, "if ye cud git them bluidie Soviets the hell oot o this, I wud be maist thankful, fur I've had it up tae here wi foreign wars. I tell ye, Lord, up tae here!" Hir clasped hans flichtered abuin hir heid.

"Amen tae that," said Leonard.

A lang silence follae'd afore the attention o the ruim was drawed tae a faint conversation on the fluir.

"Why dae we hae Hallowe'en?" whuspert Daniel tae Hughie, who was layin on the fluir huggin the bucket o epples.

Hughie sat up strecht an replied wi an air o britherly importance. "It's fur whan yer saul leas this warl an flits til the nixt, lik whan we flitted til nummer fifty-yin. Wor bodies went up the road, but wor sauls stayed doon this end. Isn't thon the way it was Aunt Maisie?"

"That's right son," said Maisie, ticherin, an tryin tae keep the conversation oot o earshot frae Jamesina. But it was too late fur her sister was glowerin ower at them wi a scoul.

"What nonsense are ye lairnin the weans?" said she, drappin her airs an graces.

"It's a holy nicht," Maisie persisted. "I was toul it at schuil bae the Reverend Greer."

"It's a Pagan tradition, young Hughie," explaint Jamesina in clipped tones. "An ye'll dae weel tae mine that the Pagans hadnae heared aboot Jesus. Noo, I hae read the letter an I'll be on ma way fur it's a Sunday an a holy nicht indeed. I'll lea ye aal tae the divil's pairtie."

"Sairie Aunt Jamesina," rhymed Hughie as she went tae git hir coat.

"Noo girls," she directed to Lily's eldest weans. "Let's git alang wi ye. I dinnae want ma best Girl Guides tae lairn that drinkin on a Sunday night is the way tae the Lord. We'll heid tae nummer fifteen, light a guid fire an hae a game o Snakes an Ladders. Ye can sleep in the retuirn ruim on tap o Granda's Lambeg drum."

Iris an Rose got up an follae'd thair aunt wi thair heids doon.

"Here, tak a bottle o Braid broun lemonade an some boiled sweets wi ye," said Maisie.

The front dure closed an a breithless whusper come frae Hughie's lips. "Will I git git the beer bottles fur ye noo, Leonard, fur the wee shillin?" He winked at his uncle.

"Son, ye may git yer da yin too," said Rab.

"An what aboot me?" said Lily. "I'll tak a wee sherry."

"A wee deoch an' doris fur me," declared Grace an Hughie teuk tae the fluir. Placin his thumbs in the sides o his woollen vest, he adopted Harry Lauder's swagger. "Juist a wee deoch an doris, juist a wee drap, that's aw'," he sang, "Juist a wee deoch an doris afore ye gang away'. He hiccuped an stepped forrit tae lift his ma's han. "There's a wee wifie waitin in a wee but an ben. If ye can say, 'It's a braw, bricht muinlicht nicht,' Then yer aw richt, ye ken."

Lily was as giddy as a schuil girl as hir son sang, an Maisie catcht a leuk o pride in Rab's bricht een.

The sang ended in a waal o applause, but Maisie's attention was drawed tae the scullery, tae an indistinct sound. Amang aal the commotion, she cud hear it. *Tap. Tap. Tap.*

The milk in hir breests drapped, Clara's cries come frae upstairs an voices amplified in Maisie's heid lik a childlik rhyme. *Tippa Rippa Rapper on your shoulder.*

She caalt fur Lily tae comfort Clara an walkt intae the scullery, onlie tae see hir ain reflection in the gless o the

120

windae pane. Maisie leukt bak intae the kitchen taewart Daniel. Chitters skarted up her bak; a reminder o what had passed afore, a premonition o what was tae come.

"Hello, I'm leukin fur Mrs Gourley," come the voice. Maisie's da unlatched the dure. A Holy Eve, thocht Maisie, whan sauls move frae yin warl tae the nixt.

She stuid an faced hir maister.

"I toul ye she'd come bak," whuspert Grace, who had follae'd Maisie intae the scullery.

At first there had bin silence frae the kitchen as gleg lugs awaited the revelation o the wumman's identity, but Hughie had earned his shillin, an the drink was teemin.

"I see ye hae him weel fed," said Esther.

Three year Maisie had waited for Esther tae retuirn. She had jumped iverie time a yellae licht crossed her een on quait nichts bae the fire — or whan she see'd a sparrow-lik frame wi charcoal een at the corner.

"I didnae come bak fur Daniel," stated Esther, whose face was clean o paint. "He belangs here. I come tae say guidbye tae him fur I'm bound fur Canada."

"Whaur's Mr McCallum?" akst Maisie.

"Mr McCallum left lang ago."

"Whaur hae ye bin aal this time?"

"Here an there. An in the boardin hoose in Ayr. Wird come that ma aunt Libby had passed." She spak slowly, the bluister an theatrics o hir last visit stripped away. "I niver toul Libby aboot mairyin Wilbur an I niver toul hir aboot Daniel." She expelled a dry smile an leukt up. "The crafty beggar had warked up a small fortuin sellin kippers frae thon oul cairt." She reached intae hir bag. "I hae this fur Daniel." She passed a broun envelope ower the table.

"We'll no tak yer money," said Maisie, pushin it bak. She felt hir ma's knee nudge hir unnerneath the table.

"It's no charity, Mrs Gourley. It's no much, but it'll buy him schuil buiks an uniforms, an mebbe an instrument forbye. Daniel was aye a smairt wean. He cud gae on til secondary efter elementary, or technical even. There's a new exam fur the weans that's smairt. Time winnae be lang in passin til he's eleven."

Daniel appeart at the dure. He sat doon anent his ma an spak. "Dae what she says, Aunt Maisie."

Esther smiled an pit hir han on Daniel's, saft-lik. "I pickt the best ma I cud find fur ye, Daniel, an that's aal ye need tae know aboot me." She got up. "Ye can be hairt-sure that naebodie will tak ye away frae the Waterloo Road. Ye're safe here." She kissed his heid an turnt tae Maisie. "I'll gae bak oot the way I come, if it's alright."

Daniel surprised Maisie a second time. "It's a braw, bricht muinlicht nicht," said he, repeatin the wirds in Hughie's sang. "Can ye say it?"

"It's a braw, bricht muinlicht nicht," said Esther.

"Ye'll be aal right then, ye know. That's what the sang says. 'Then yer aw richt, ye ken.'"

Esther kissed Daniel a second time an smiled a smile sae dairk it cud hae eclipsed the maist bricht muinlicht.

Maisie stuid up. "Daniel, ye're missin the joukin fur epples. Away ye go. Ma, tak mair sherry intae Lily." She walkt tae the bak dure an opent it an watched Esther's skinny shoulers cross the yaird. In the nairae alleyway at the baks o the Waterloo Road, she cud barely see hir face. There was onlie a voice an the glint o twa een.

"Ma aunt Libby got in teuch wi me three yeir ago, afore I come here. She writ tae tell me ocht, Mrs Gourley, an I've akst masel if Tam foun oot an drouned hissel in France knowin it."

"What are ye tryin tae say?" akst Maisie, the premonition o bad news blakenin hir mine

"I need ye tae know that I lied tae ye, that I'm here noo wi the truth."

"Gae on," said Maisie.

"Wilbur McCallum niver laid a finger on Daniel. An Tam Gourley niver did the things I said he did. Them lies was better than the truth."

"An hou can I trust ye?"

"Whan ye leuk in the wean's een, daes he seem troubled?"

"No," said Maisie. Daniel was a shy boy, but no troubled.

"Fur as lang as ye live, Mrs Gourley, ye may niver wirry aboot Daniel fur he had a guid stert an he was niver hairmed."

"What is the truth?" akst Maisie. Ocht else was brewin an it was haird tae believe it was worse than the first lies that had bin uttered.

"I was fifteen an Tam was twinty an he didnae force me."

Esther's voice was flet an easy, as if she had bin rehearsin ilka day frae hir last visit.

"Leonard Senior, he foun oot the night afore Tam went away, an he said nocht til the nixt day. I doot the oul bugger was fond o me in his ain way fur I cud see he was tremmlin whan he akst me tae lea. He gien me money fur traivel an toul me niver tae come bak. I had enough that I didnae haetae wark at first. An then it was haird tae keep the wean an tae wark forbye."

"Why did he tell ye tae lea?"

"I teuk it tae be fur what I daen. Fur cairyin on unner his roof wi his son."

Maisie stared intae the alleyway whaur blakness muived, silence swayed an twa watterie een rippled lik buoys. She was leukin at Esther, standin in a small corner o dairkness, an she was minded o a lad stowed away in the dickey seat o a motor.

"I foun oot who ma ain mither was in that letter frae ma aunt Libbae, the yin she sent the day afore I mairied Wilbur."

There was a frichtsome stillness. Maisie folded hir airms aroon hir breest, rockin hir bodie in a steady rhythm as Esther spak. Hir breests wur inflamt. Hir heid was splittin.

"Jane Gourley left hir husban fur anither man."

Jane Gourley. Leonard rairly spak o his deid mither.

"Yer Leonard was nine an Tam was four. Jane went bak til hir husband, bak to oul Leonard Gourley. Hir aunt Libby reared the bastard wean."

Maisie was quait in hir thochts. *Leonard Senior.* Sae lang the villain. Here he was a cuckolded man.

"Oul Leonard knowed aboot it," said Esther. "Oul Leonard knowed aboot me. He gien Libby money tae rear me an then he sent fur me whan his wife dee'd."

Maisie leukt up tae the sky. The air was tranquil. The sky was blak. Nae theatre o sound an voices. Nae 'Sea Shanty' playin bae the open fire.

The sang o incest was silence.

"I'm a half-sister tae yer Leonard," said Esther in a whusper. "A half-sister tae Tam. An I cannae forgie masel, Mrs Gourley. I cannae forgie masel.

Her feet turnt on the gravel an Maisie listened tae the crunch o ilka step. Tears trickled doon hir cheeks an she cast anither saicret intae the nicht.

She leukt intae the blak sky an prayed. Esther had served a sentence fur Tam Gourley's crime. Or was it Jane Gourley's crime? Or oul Leonard Gourley's crime? The lines in aal the badness wur blurred, an it wasnae clear if onie o them knew they wur committin a crime at aal. Mebbe there wur nae crimes — onlie sin an want an sorrow.

Maisie thocht bak tae Ellen in Glenoe, hir glowin face an cherry lips. She wud haetae gae tae Glenoe yince again. She needed tae see if there was a Silver Cross perambulator sittin ootside Horseshoe Cottage. She needed tae mak sure that the past wudnae repeat itself.

She stepped bak frae the alleyway an closed the dure tae the bitter lies an bitter truths unearthed on a still an hallowed nicht.

Chapter Ten

"We can tell him to come back another time," said Alfie. "Lie down if ye're tired."

"I can lie doon later," said Sally. "I sleep sittin up maist o the time onieway. I want tae meet yer uncle."

Sally was intrigued bae this uncle o Alfie's, who had disappeart efter the muisical festival months ago, onlie tae be foun in a public hoose in Belfast. She was cuirious aboot the onlie member o the femlie who wasnae quite as polished as the Dalriada silver.

Alfie opent the front dure an Sally was surprised tae find a weel-groomed version o the man who had climbed up the gym bars o the Gardenmore Hall. His hair was as saft as candy floss, a goul poaket watch glistenin again a smairt Scotch tweed waistcoat an matchin jacket.

"I thought I might buy myself something new," said he bae way o greetin as he remuived his cap. "Ma nephew shamed me when he came to see me in his smart attire."

"And you look well for it too," replied Alfie, who had bin helpin his uncle bak tae sobriety. "Martin, this is my wife, Sarah."

"A pleasure to meet you, Mrs Andrews," said Martin, bowin an liftin hir richt han tae his lips. "Every bit as bonnie as Alfie said you would be."

"Caal me Sally. An welcome bak tae Dalriada!"

Martin's een roved aroon the entrance hall, up ayont the portrait o his faither, Captain Andrews, taewart the lectric candelabra.

"Wud ye lik tae leuk aroon, Mr Andrews?" offered Sally, thinkin he wud wush tae be acquainted yince again wi his childhood hame.

"No, no," said he, richt an quick. "No, dear. I'll see it some other time. It's been thirty-odd years. I can wait a while longer."

She directed him intae the parlour, whaur the fire was heich, but he stalled bae the dure. "I would prefer, that's if you don't mind, to sit in the kitchen." Sally smiled an held oot a han tae lead him tae the ruim whaur the fire was aal but deid. He sat doon beside it an turnt his lug tae it, as if he cud unnerstan its whuspers.

"Hou lang hae ye bin away?" she aksed as Alfie poured the tay.

"I took wark in Liverpool at the dawn of the war an I never did find a good time to come back. Or, should I say I was having too good a time to come back? I'm sure I was long gone before you were born."

"I was born in 1915," said Sally. "I mine the end o the war — the soldiers comin hame an the thunner o thair feet. I thocht there was an earthquake."

"But ye cudn't have," said Alfie. "Ye wur only three or four."

"Nothing," stated Martin, "is more perfect than memories of early childhood." He cleared his throat. "Memories are the blessings of a solitary soul. I should know. If you're long enough alone, you'll know memories from the womb."

Yellae licht blazed ower the windae an the sound o an engine saved Sally an Alfie frae respondin tae Martin's observation.

"Who could it be at this time?" said Alfie. "I'm not working."

Sally knowed wi'oot a shaidae o doot who it was. The onlie folk in possession o a motor who iver did come tae Dalriada wur Alfie's parents. Martin must hae tae unnerstuid forebye fur Sally saw him shift uneasily in his seat.

The front dure bell rang, despite the motor bein pairked adjacent tae the scullery. Alfie answered the dure an Sally cud hear hir mithir-in-law. "Is Sally well enough for a visit? We were passing on our way back from Belfast."

"Yes," said Alfie. "Come on through."

Alfie hadnae forewairned his parents o Martin's presence, an it onlie teuk four strides ower the hall tae the bak kitchen fur the captain tae appear bae the dure.

"I should go," said Martin, standin up. "You have visitors."

"Sit down," said Alfie. "You're my guest. The past is settled."

"And the prodigal son has returned," said Captain Andrews, foldin his hans in a mock blissin. "So long as you don't dart out the door to the nearest saloon, brother, we'll all get along just fine." He petted Sally's han on the way tae the settee.

"Ye have finally made the acquaintance of my daughter-in-law," he remairkt to his brother yince he was seated. "Did she tell you she's a great hand at the music, just like her father, Jimmy Ramsey."

"The Ramsey brothers used to play here," said Martin.

"Our father was quite the entertainer," explaint Captain Andrews.

Sally felt lik a conduit in a conversation atween twa brithers who hadnae yit made ee contact.

"There was always a Ramsey with an instrument at hand," the captain went on, directin his wirds taewart Sally. "Dalriada hosted all the greats. Francis Joseph Bigger, Benmore, Alice Milligan. They all came at the time of the first feis in the Glens when I was still a scholar at Larne Grammar School. When was it, 1904?"

"That's right," said Martin, addressin Sally forbye. "When we needed music, we only had to walk around the corner to find it. There was scarcely a fellow who couldn't play the melodeon or the fiddle."

"But the Ramseys wur of a different ilk," said Captain Andrews, who had niver bin sae expressive taewart Sally whan hir life had held mair langevitie. "Sally. Can ye still play?"

Sally wasnae accustomed tae the captain's face. She had onlie iver conversed wi him whan he was hidden ahint a newspaper. She stapt fur a minit tae compare him wi Alfie, who had the strenth o the Andrews' build an the saftness o thair expression. Onlie the siccar broun een o his ma separated Alfie frae the Andrews brithers.

Captain Andrews walkt tae Sally's oul cabinet an teuk hir faither's fluit frae the drawer.

"I dinnae know if I'm able," said she. "I was niver much guid an it's bin a lang while."

"Father, please," intervened Alfie. "Sally isn't well enough for this. Put the flute away."

"Houl on!" she caalt. "I'm no in ma grave yit. Reach it ower. I'll think o ocht." She rin hir hans ower the coul instrument an pit it tae hir lips. A fameeliar teuch. An uncertain kiss.

129

She stuid up an positioned hir fingers on the keys, hir faither's een clear tae her, blue een that had roamed heavenward whan he played. Hir bodie swayed an hir fingers found thair ain way throu the notes o 'The Raggle Taggle Gypsy,' an as the intimate audience stamped its feet in time tae the music, hir mine drifted bak tae her ma clappin at the musical festival. Then, she was wi hir faither at a pairtie celebratin hir engagement, the same tuin risin an faalin frae his lips in thair kitchen on the Waterloo Road. Noo she was in the present wi twa brithers leukin ower thair ain invisible fluits, gittin tae know yin anither yin sleekit glence at a time.

The tuin come tae an end an she cried on the inside knowin that it micht be the last.

Martin clapped hairtily, pit his han on his chest an got up tae sing. He pullt his brither up bae the elbae an Sally sat bak an watched twa men wi parallel pasts communicate safely in sang, thair hauntin, raspin voices heraldin 'Glory Glory Halleluja.'

Sleep fell richt an wechtie on Sally's eelids, an thair voices mairched on tae that solitary place whaur infant memries are woke frae thair slummer.

Sally woke tae an easy silence, broke bae a confession.

"The child may have been mine."

The voice cud hae bin that o Captain Andrews fur the twa men had become indistinguishable, but Sally unnerstood it was Martin. She rested hir een an listened.

"God bliss us an keep us," said Margaret.

"I knew she was with child when I left for England and it was sadly prophetic for she believed that she could live freely. She was like the gypsy in the song, with no liking for the riches that marriage might bring. I pleaded with her to marry me, but

130

Mary Beth had no interest in the goose feather beds of Dalriada."

Sally opent hir een.

Martin was smiling. "Alfie explained what became of Mary Beth to me today."

"Alfie?" said Margaret, turning to hir son. "What do you know?"

"I found something." He stuid up an walkt away.

Een stormed aboot the ruim.

"I still don't understand," said Captain Andrews, addressin his brither. "What caused a row between you and Father that meant you couldn't see fit to come home for thirty-odd years?"

"I barely recall the details myself," confessed Martin, who leukt at his hans as he spak. "I was the disobedient son who was recklessly spending his father's money on joy making. He was in mourning and ill-humoured and we couldn't be in the same room without pitiful words piercing the air."

Alfie had retuirnt wi ocht in his hand, but the captain was eager tae speak. "You had a brother." He choked oot the wirds.

Thirty-four yeir o separation lingered on lik an unwanted guest.

Alfie held oot a photograph, an Sally had tae blink lang an haird tae adjust hir focus tae see the features wi'in the fameeliar oval frame.

"This is Clara," said Alfie. "The stamp on the back of the photograph is from the *Belfast News-Letter*, so somebody ordered the print. Clara is Mary Beth's child."

"I did think the child was vaguely familiar," said Margaret. "Perhaps she looks like her mother. Let me take a closer look."

"Hou dae ye know it's Mary Beth's wean?" akst Sally, hir senses wakened. The lass in the photograph had sae lang bin hir saicret freen that it was disconcertin fur sae monie folk tae share an interest in hir.

"I found this newspaper clip in in the attic. It's from 20 March 1919." Alfie lifted the cuttin frae an envelope as he spak. He read aloud, 'Miss Rosa Devlin held her annual assembly at the Ulster Hall last night when a large audience had the pleasure of witnessing a clever and picturesque display by pupils attending her classes. The youngest performer, Miss Clara Clarke, stole the limelight with a sprightly jig whilst her mother, Mary Beth, performed an old Irish step dance called 'The Blackbird.' She was accompanied by Dance Master Peter O'Reilly in a two-hand reel.'"

"Mary Beth taught me a two-hand reel," said Martin, who was animated bae the story. "And so it seems I may have a daughter called Clara."

Captain Andrews coched an reddened. "I recall Mr O'Reilly at one of father's Gaelic parties some years before the war," said he. "He had won some Ulster title or other for his dancing. Mary Beth was working at Drumalis House over the road at the time. When I think back on it, I'm sure that she had arranged for Mr O'Reilly to come. They were friends, or maybe even relations."

"Mary Beth liked to have an audience," said Margaret, "and that newspaper article tells me that she didn't change. Performing in the Ulster Hall and dancing 'The Blackbird' in her thirties!"

"Oh, now, Margaret!" Martin lauched. "I can still do the rising step with these bandy legs and I'm near sixty."

"There's more to the story," interjected Alfie. "And we have Maisie's nephew, wee Hughie, to thank. He spent a whole afternoon last week sorting through the postcards that

Grandpa sent to Grandma when he was at sea. He noticed that most of them were addressed to Grandma, but some were addressed to a woman who worked here."

"Mary Beth?" akst Sally, hopeful in an inexplicable way.

"No," said Alfie. "The mysterious Mary Beth went to Canada. Look here. It's a postcard of the Rideau Canal. You will want to read the message on this one. It's from May 1919."

"Dear Winifred," read Sally, hir han flittin up tae hir cheek. "I'm settled with Clara now and we have a comfortable home, much warmer than the house on the Antrim Road in Belfast. The canal was frozen over last month, like it is in this postcard, but we are inside an we are safe and warm. I will soon have enough piano scholars to live comfortably. I have enclosed a cutting from the newspaper I bought on 'The Olympic.' The night in the Ulster Hall was one of great sadness and happiness to me and I feel blessed that you were able to be there. Yours Sincerely, Mary Elizabeth."

Sally leukt up at hir husband. She cudnae imaigine hir ma gaun as far as Belfast fur a nicht's entertainment. "I didnae know they wur sich great freens," said she.

"They worked together a couple years when my mother was dying," said Captain Andrews. "It was natural for them to be friends."

"There are nine of these postcards," said Alfie. "I wonder if Winifred left them here by accident."

Sally thocht no. Hir ma awnt ower little tae be thaveless. Photographs wur stored up heich in a tin box an wur onlie tae be teuched aroon the edges.

She leukt at ilka postcard in turn. "This yin's frae 1925," said she. "It says Clara did hir first recital an she's pleased tae hear the results o the Larne Musical Festival." She stapt an thocht on it. "That was the yeir I come hame wi four cups."

"I mind it well," said Margaret wi a leuk o pride. "I adjudicated the recorder section."

"Clara must be *my* age," said Sally, an it was strange tae think that she had based aal hir dreams on a pictur o an adult who was thirty-three yeir oul. An the mair she leukt at the photograph, the mair she unnerstood that it had bin wi hir aal alang. It had bin wi hir on the Waterloo Road. "Oor mithers wud hae bin expectin at the same time."

"It would seem so," said Margaret. "I remember Winfred when she was expecting. She had a difficult time of it."

"I must hae met Clara on a wheen o occasions," said Sally. "Leuk at this yin. It says, 'Thank you for the photograph of Sally. How she has grown! It seems a life-time since we trailed four short legs around Belfast on the day after Armistice.'"

Sally sut bak an shut hir een again. She cud see hir ma's tin on tap o the wardrobe. Hir ma was placin it ontae the bed, brave an careful. She was pointin tae the pictur o Clara. The yin in the frame.

She cud see the missin bit o the newspaper. She cud see Mary Beth in a twa-han houl wi the dance master in the kilt; lang hair teemin doon hir bak, a cape hangin frae hir shouler, hir features clearer than them o the wumman sellin dulse.

Mary Beth was the wumman who appeart in daylicht dreams in a gairden far frae hame, a gairden ayont the chimley staks an bak-to-baks o Larne.

It was Mary Beth frae the postcard. Mary Beth who had yince saul dulse bae the shore. She lived in a red-breeked hoose at the fit o a mountain. Sally was walkin away frae the mountain. She was walkin doon the Antrim Road in Belfast. She was walkin unner the archway o a station wi columns an pediments an robust stane.

Stane faces walkin. Lang dresses trippin. A bricht tunnel. Garlands o flouers faalin frae wrought iron airms. A myriad o times on different clock faces. Five O'clock. Time tae gae hame. "Say guidbye tae Clara." "Say guidbye tae Sally." The hiss o steam. The scent o burnin. The thunner o feet on the platform. Soldiers in uniform. An earthquake throu hir bodie. A glisk oot the windae. A wave tae Clara.

A glisk oot the windae. A wave tae hir ain reflection.

Sally stuid up an leukt throu the windae o the kitchen o Dalriada. She held oot hir han an teuched the wumman in the gless.

A sister. A twin sister. She went bak tae hir seat an leukt at the photograph in the oval frame. "I haetae lie doon," said she, an she glenced at the four o them in turn. "Dinnae come efter me, Alfie. See tae yer femlie an dinnae mine me." She walkt quare an slow intae the hall, the rummle o thair weel wishes follaein.

Sally had a sister an the onlie explanation was that Mary Beth had gien birth tae twins. The onlie explanation was that Mary Beth had gien yin o hir twins tae Winifred.

Winifred had bin expectin. Margaret had seen her. Sally stapt bae the windae o hir bedruim an leukt ayont hir ain reflection tae the sea. It was conceivable fur a wumman tae loss a wean.

Then there was Martin an his talk o bein a faither, the jubous pride on his face as he made public his claim tae Mary Beth's bodie.

He cudnae see what Sally cud see. He cudnae see that his claim meant he was the faither o Sally, the faither o Clara an Sally. Twins. He cudnae see that his claim meant an illicit marriage atween Sally an his brother's son. Cousins.

But Sally an Alfie wurnae cousins fur Martin Andrews was deluded. He wasnae the faither o Mary Beth's wean. He wasnae the faither o Mary Beth's weans. The girl in the windae o the train wasnae his image. The girl in Sally's reflection wasnae his image.

She shut hir een an immersed hersel in memries. A skippin rope turnin. Yin end tied tae a tree. Tither end held bae Winifred. In the middle Mary Beth, lairnin twa lassies tae skip in time tae hir rhyme. *On a Mountain Stands a Lady.* Then they wur aal in a line. Sally tappin Clara's shouler. *In and out go dusty bluebells...I'll be your master.*

Sally was on her lone. She cudnae suffer Alfie's concern, rely on his pleadin broun een tae bring hir hame. She needed tae feel the sea.

The watter appeart opaque frae a distance, but she cud mine its transparent stillness. She cud mine hou clear it was whan the waves come tae a chiverin halt an the sky rested its fierce breith. She wanted tae step intae it, tae consume its healin sauts, but Alfie had begged hir tae stay on land.

Her sanity, at least, was nae langer in questin. The visions an dreams wur pit doon tae cancer encroachin on the mine. Sally had yince played alang wi Alfie's game o doctor an patient, half-leukin fur a cure, but noo she unnerstood the truth.

Winifred an James Ramsey wur hir parents in iverie way but bluid.

Her ma had lifted the oul tin box frae the tap o the wardrobe an showed Sally the picturs o Clara an Mary Beth. It was a certes that her ma had planned tae tell hir the truth yin day.

She heared a stick trail alang a stane waal. It was a man. She cud tell frae the crunch o his confident stride. He turnt the corner frae Bankheids Loanen. "Guid mornin," said Sally.

"Guid morning," he replied.

She muived ower tae the left, sensin the simmer seat was his destination. "There's ruim fur two," said she, indicatin the space beside her. She stared at the lang profile. He was fameeliar in the appointment o his commandin pheesique.

"Ye mustn't know me," said he, remuivin his felt hat an sittin doon.

"I dinnae think I dae," she replied.

"Ye wouldn't invite me tae sit wi ye if ye knowed me."

"Ye mine me o someone."

"They say I'm the mirror image o my uncle, Reverend Greer. He died some fifteen year ago, but ye may have met him as a wean."

"Of coorse I met him as a wean," enthused Sally. "Aye, I can see the resemblance. He come tae the Parochial School fur assembly." She minded an lauched. "Yer uncle houls a speicial place in ma femlie histrie. There's a story."

"Involvin temperance?"

"Aye."

"I see. A name read aloud in church?"

"Ma faither's, tho it was afore ma time. Hou did ye know?"

"Ma uncle had helf the town converted tae his cause. I was minded o it when they carried me out o the saloons. I made a mockery o the temperance conversions the first time I fell. There was no shortage o folk tae mine me o the fact."

"Hou monie times did ye faal?" Sally was enlivened bae the exchange.

His voice was saft. "Ma dear. I've fallen many's the time, but only ever for the drink twice. More a drowning, ye might say."

"Ma faither was a drinker," said Sally. "A sweemmer, ye might say. I wunner if the drink gien him mair yeirs than it teuk away."

"The drink was lik lead fur me. My uncle said it was a family trait three generations back — hence the temperance." He was quait fur a minit afore turnin his heid taewart Sally. She wushed she cud see his features clearly. "Are ye sure ye don't know me?" he akst.

"I dinnae believe I dae," said she. "Why?"

"I noticed ye bathing a wheen o times. I was worried ye'd drift away one day an I sat here til you came back to shore. On another occasion, you went in fully dressed."

"Ye saw that?"

"Aye, ye wore a green coat an a red beret. Ye hung up the coat an the beret down there on the railin."

She located the day in hir mine. It was soon efter hir second baby. She didnae realise oniebodie was watchin.

"Dae ye live aroon here?" she akst.

"I lived on Curran Road," said he. "I've flitted now. My only daughter went to Chicago wi her husband a wheen o year ago. My wife followed this year."

"Oh." said Sally. She didnae want tae aks fur mair information than he was willin tae impart aboot his wife, but she minded the wumman at the chapel in the pouther blue dress. "Did yer daughter mairy a naval officer?" she akst, "on All Saint's day a wheen o yeirs ago? In a blue dress?"

"Aye," he replied. "Hou did ye know?"

"I saw a weddin an heared the groom was frae Chicago."

"The saddest an the happiest day o my life," said he. "It was haird tae see her go. And thanks be tae God that only ever saw me sober. Ye don't read the papers, do you?"

"What was in the papers?"

"I cud keep talking tae ye an ye'd never know that ye're in the presence o somebody lik me." He sat back. "I can be who I once was for the day."

"What dae ye mean?"

138

"I did a bad thing. Ye can know the person I was or ye can know the person I wished I'd been."

"Cud I know the person ye're gaun 'ae be?"

"Time has ran out for me."

She leukt at him. He was peelie despite his strang build an she felt the spirit o ocht atween them. "Ye're dyin?" She knowed the answer as said she the wirds.

"Ye cud say that," said he.

"We're the baith o us on the same journey." Silence follae'd. "Cancer," she added.

"Mebbe the cancer invited me tae sit down beside ye."

"If cancer was a person, what wud it leuk lik?"

"A soldier wi no purpose," he stated flet.

Sally forced hir een tae focus fur lang eneuch tae see his tiresome face. An she realised that she wud niver wear that face. Know his lines. See the contours carved bae a story in a newspaper.

"I'll lea this earth wi nae lines," said she. "I'll nivir stairt a new chapter. I'll try to love God. I won't betray my husband. I won't steal. I'll never take the Lord's name in vain. I'll keep the Sabbath holy. A will honour my father and my mother for they are both in heaven and easily honoured. I won't kill. What hae I missed?"

"Bare false witness?"

"What is that? Lyin?" Sally reflected fur a minit. "I'll miss the decadent decade of secrets. What else?"

"Covet your neighbour's house."

"I've bin guilty o that in the past, but it's hairdly a worthy sin whan ye envy a kitchen hoose ower a castle."

He leukt hir strecht in the ee. "Thou shalt have no other gods before me...Thou shalt not bow down thyself to them, nor serve them: for I the Lord thy God am a jealous God, visiting the iniquity of the fathers upon the children unto the third and fourth generation of those that hate me."

The verse rawlt frae his tongue in a rhyme. "Yer uncle taught ye weel." Sally minded the wirds she had yince spak tae Jamesina. She said them again. "All things become new." Hir face was tae the sea. The man was leukin strecht aheid, doon past the snakin pad, tae a far oot place in the distance.

"All things become new." He smiled. "Even when I did wrang, I always had my faith. Always asked for forgiveness."

"Yer uncle was a guid preacher."

"Aye. Ye may have met my cousin from Belfast forbye. Miss Filly."

"Miss Filly," whuspert Sally. "What become o Miss Filly?"

"She didn't have enough hope to make it in this life."

Sally felt a solemn sadness fur the cruel teacher.

"Yer bathin in the sea minded me of somebody I once knew," said Sally's companion. He lifted his han tae his face. "The first line on my face."

"Which commandment did ye break?"

"I fell in love."

"Wi somebodie else's wife?"

"No." He smiled. "But somebody else was in love wi her."

"Why didn't ye fight fur her, lik a soldier?"

"A soldier knows his place. Besides, she deserved more than tae be a military wife. I served in France and then stayed on in England. I came back here after ten year. I drank heavily. I waited a long time tae be put on trial."

"Ye wur pit on trial?"

"Ye said ye didn't want to know that man."

"I lik this man sittin beside me in a quait corner atween life an deith," stated Sally. The wrangs o the man's past wur as meaningful tae hir as a pharmaceutical store wi a thoosan cures. Knowin his crime wud mak naethin better.

"I'm allowed to know you though, am't I?" said he. "Past, present an future."

"A suppose ye are. What can I tell you? I was a guid wean. I won a wile o prizes fur music, sat in the front raw at schuil, lost ma ma too young, went tae technical college, mairied a doctor who paid fur the green coat an the red beret, lost two babies an here I am on the cusp o a new life wi diminishin vision an a constant yearnin fur kippers an ginger ale. What if I had lived tae see the lines on ma face?"

"Are ye yit thirty?"

"Thirty-three."

"I had seen two wars by thirty-three an had the stomach for it. I'm proud o the soldier I was, but not fond o the man I became."

"Ye wur a guid soldier?"

"Aye an a guid soldier is made up o many guid men."

"Lik a guid dauchter — made up o monie guid weemen."

"I had a comrade called John. He was my compass when I was lost and I had the strength tae carry him when he was shot down. They say I saved him. He saved me."

Sally thocht aboot Mary Beth. She knowed Mary Beth whan she was a young wean. She traivelt on the train tae see hir tae fur four year. She saw picturs o hir whan the tin box was brocht doon frae the tap o the wardrobe. Yit, she had forgotten aal o it. At least, she hadnae unnerstood the significance o it. Mebbe Mary Beth had bin hir compass whan the folk o Waterloo Road had cairied her.

"I couldn't tune into the civilian way o life," said the man.

"Wrang wireless frequency?"

"Wrong wireless frequency." His voice smiled. "I came bak here in ma early forties. I walked, trailing my stick along every oul stone wall til there were no more stone walls. And then I resolved to drink myself to oblivion."

"The temperance preacher's nephew!"

"I lost weeks o my life."

"I heared that ye can mine yer ain infancy if ye're lang enough alane."

"I've been alone on many occasions and I've minded my own infancy, but I don't recall what happened to me when I drank. I don't know if I was saved by God or if He too put me on trial, but I found wife."

Sally didnae know what tae mak o the last line.

"I loved my wife," said he, providin the answer. "Now. Too late. She was young. No lines. I didn't carry her. She wasn't my compass. She wasn't the woman who filled my dreams in the fields o France. And she had reason tae hate me even as we lived together peacefully. The hatred simmered and one day it exploded. She said I have another daughter."

"Hou did she know?"

"My two daughters were born around the same time, in 1926."

"I see." Sally's een wur waik. "I tellt ma husban I'd walk hame," said she, "but I dinnae think I can. Ma vision comes an goes."

"I'm still strong enough tae carry a soldier," he offered, standin.

"I can walk," said she, "but if ye cud be ma een, I'd be gled."

She stuid up an foun the creuk o his airm. They walkt in silence, the green lawns o the Town Parks comin in an oot o focus, the crunch o deid leaves fameeliar on the path.

"I live at Dalriada."

She felt his elbae tichten on hir han.

"The Andrews femlie?" said he.

"I mairied intae the Andrews femlie."

"I see," said he. "What's yer name?"

142

"Sally. An you?"

"Nathanial."

"Nathanial, the soldier," said she, saft-lik. "That's what ye'll be in the nixt life. Ye'll be a soldier whan ye meet yer dauchters again."

They walkt slow throu the pairk, Nathanial houlin hir steidfest an strang in the saicret space they shared atween life an deith. But Sally was soon minded that deith wasnae a strecht line. A searin pain tugged at hir temples. She stapt an held ontae the gates o the pairk wi baith airms tae support hir tremmlin bodie. She felt hersel faal. An then she was wechtless.

Nathanial had lifted hir intae his airms. She minded Kenneth Higgins cairyin hir nixt dure whan hir da was drunk. She minded the wind slicin hir legs throu hir nichtgoun.

"I have one more chance to be a soldier," said Nathanial.

Sally's cheek fell again his neck. He rung the durebell o Dalriada an stuid bak.

"Mrs Andrews," said he.

He must hae knowed her. Recognised hir frae the social features in the newspaper. Mebbe she recognised him frae the newspaper forbye, fur she didnae leuk at him or acknowledge his presence.

Margaret caalt fur her son.

Sally cud hear Alfie's steps on the stairs an then his airms wur happed aroon her. Hir wecht was divid atween a healer an a soldier as they cairied hir tae the settee bae the bay windae. Sally catcht the quick beauty o Nathanial's een as he lowered hir tae the settee.

"Will ye get home alright?" said Sally.

"The next train tae York Street Station leaves in helf an hour," he replied. "Time enough tae get tae the station."

"York Street Station," murmured Sally, hir mine driftin as Alfie walkt tae the windae. "I mine the soldiers comin hame. It was lik an earthquake."

Margaret was crossin the ruim tae git a blanket an Alfie was puulin doon the blind.

Nathanial walkt taewart the dure, an Sally mourned the conversation that was tae end. "Tak care o yerself, Nathanial," said she.

Nathanial turnt at the threshold o the dure an lifted his hat.

"Dinnae forgit yer stick," said Sally. "I'll keep an ear oot fur it on the ither side o the waal."

He lauched in a voice that wasnae accustomed tae lauchin.

Sally awoke at echt in the evenin wi a stairt. She had bin dreamin o hir birth faither. It was him, the man in the pairk. Faither o four weans. Sally an Clara — twins, born in 1915. The bride in the blue dress who went tae Chicago, born in 1926. Anither dauchter, born in 1926.

She walkt tae tae nummer thirty-three.

"Dear dear, what's the maiter?" said Grace, who was seated bae the fire. "Ye leuk lik ye hae seen a ghaist."

"What's wrang?" follae'd the voice o Jamesina. "Is it one of the weans?"

"Tak a seat," said Lily.

Sally stuid bae the fire.

"Grace, mine ye said ye'd met Martin Andrews."

"Och aye," said Grace, winkin. "He's nae ghaist."

"He toul us tither night that he was the man who wranged Mary Beth Clarke."

"He said as much tae us forbye," said Maisie.

"Grace," said Sally, "Hou did ye know that Mary Beth had a wean?"

144

"It was in the papers," said Grace. "The hale o the toon knowed. She was in the warkhoose. The Reverend Greer helped hir find a place in Belfast."

"An the wean?"

"The wean went tae Belfast," said Grace. "What maks ye think on it?"

"There wur twins."

She had thair attention.

"Mary Beth had twins, but she didnae throw yin o the weans intae the watter."

"Twins!" exclaimed Grace. "What in the name o—"

"Grace, ye said ye'd seen Ma whan she was expectin."

"That's richt, dear."

"An who was hir midwife?"

"I dinnae know."

"An did ye see hir right up til the birth?"

Grace leukt intae the fire. "No dear. A went tae stay wi ma ma fur ma confinement wi Maisie. Twas a rough winter."

"Martin Andrews is a liar," said Sally.

Grace nodded. "He gien his da terrible bother."

"Mary Beth wasnae in love wi Martin Andrews," said Sally. She had nae evidence tae support what she was sayin, but she needed them tae believe it, even as it dawned on hir that she was talkin aboot Alfie's new-foun uncle. She had yit tae tell Alfie what she knowed. *The decadent decade of secrets.*

"Martin made the hale lot up," said she. "Mary Beth was coortin a soldier."

"What in the warl haes Mary Beth Clarke tae dae wi you?" said Maisie.

"Winifred Ramsey didnae gie birth tae me." Sally slowed doon. It was the first she had said it aloud. She needed tae gie the idea time tae settle. "Winifred lost hir ain wean." Sally leukt aroon the ruim tae four identical expressions o astonishment.

145

"What in the name of—" said Grace. "I can bare hear masel hink. Hir een reddened frae starin sae intent at Sally. "Mary Beth was a plain lassie an no lik ye in leuks, Sally, dear. But I tell ye ocht fur nocht, she had an air aboot hir, a sort o distant air. I sweir tae God I can see it in ye noo. Mary Beth is richt in front o me."

"Mary Beth might weel be in this ruim for I hae a feelin that she isnae on this earth the day. Ye'll think I'm daft tae say it, but she's here wi me."

Four blank faces greeted hir remairk.

"Lord Almighty," said Grace.

"Ye hae a saicret sister," said Lily, who was on the edge o the settee. Sally detected a leuk o envy.

"Aye," said Sally. "I hae a sister. An I've bin starin at a photograph o hir maist o ma life. Hir name is Clara."

"Clara frae the wee brass frame?" said Maisie.

"Aye, Clara frae the wee brass frame."

Sally teuk the photograph oot o the envelope an handed it tae Grace, who squinted. "It cud be onie wean wi curled locks. But tell me this dear, hou did ye know this?

"Leuk, here," said she, "Jamesina, read them postcards til yer ma there. Maisie, come on intae the scullery a minit. Ye'll hae plenty o time tae read them later."

Sally led Maisie oot tae the bak yaird. The minit they reached the gairden, Maisie exclaimed, "Guid Lord, Sally. First the yin thing an noo tither. I cannae tak it in!"

"I can. I've bin takin the hale o ma life. I niver did tell ye this, Maisie, but Alfie had bin sendin me tae his doctor freen. An mebbe it was worth it fur what the hypnosis sessions brought oot o me. Then I met Martin Andrews. An I wasnae convinced bae him. It was his fault that Mary Beth Clark ended up wi nae hame, I'm sure of it. Pregnant or no, she wudnae hae stayed in Dalriada wi Martin. The rich man didnae win. I aye believed things wur made new. I wunner noo if some memries are handed doon tae us."

"What dae ye mean?"

"Cud we know some things — the muisic we play, the way we dance or draw or sing? I feel things. I hae visions o things that turn oot tae be true."

"Lik Cathleen Cairmichael," said Maisie.

"Who?"

"The healer. She gien me the potion."

Sally minded what Maisie had said aboot the meetin wi Cathleen an shuddered. "Did ye no tell me Mary Beth was leukin fur a cure. It cud hae been a cure for a wumman expectin."

"It cud hae bin a cure fur onie ail," said Maisie. "Livin oot in the coul lik thon! A lesser wumman wud hae catcht hir deith. But tell me, how did ye end up wi Winifred an Jimmy Ramsey?"

"Mary Beth left me at Dalriada. An I sweir I've seen it in ma dreams."

"An this soldier? Who was he?"

"I dinnae know his name."

Sally wasnae sure why she lied. It felt richt tae keep it tae hersel.

"Will ye try tae find oot fur sure — aboot the solider?" akst Maisie.

"I know aal I want tae know aboot him." Whativer made Nathanial say he was cruel, Sally didnae need tae know.

"What aboot the sister?" akst Maisie. "What aboot Clara?"

"She lives in Canada. Maisie, I brought this envelope. I want ye tae keep ma personal things in case Clara comes tae leuk fur me."

"What aboot Alfie?"

"I dinnae want tae tell Alfie. I dinnae want Alfie tae live his life wi a ghaist, leukin oot fur ma reflection ayont the grave. I want fur him tae mairy an hae weans — tae git on wi his life. I dinnae want *you* tae live wi a ghaist nether, but ye'll hae little time for the deid wi the livin clockin in yer kitchen ilka night o the week!"

Sally sat on the bench anent Maisie an held her han. It was a coul but still nicht. A braw bricht nicht. She lifted a handful o soil. It trickled throu hir fingers an fell rhythmically ontae the stane below. She felt a breeze. A han upon hir shouler. She sang in a whusper.

Tippa rippa rapper on ma shoulder
Tippa rippa rapper on ma shoulder
Tippa rippa rapper on ma shoulder
I'll be yor master

"In and out go Dusty Bluebells," Maisie sang alang.

Sally felt hir thick, lang hair meanderin doon hir bak as she tippa rippa rappered on the shouler o the girl in front. An she minded singin an dancin an playin at the corner fur oors on end atween factory bells an schuil bells. Dust birlt ower the stanes. She lifted up yin han tae Mary Beth. She lifted up tither tae Winifred. An peace fell upon hir lik the cool teuch o Browne's Irish linen.

It was time tae retuirn tae hir maister.

CPSIA information can be obtained
at www.ICGtesting.com
Printed in the USA
LVHW112355230922
729140LV00003B/74